集英社オレンジ文庫

小説

スミカスミレ

香月せりか
原作／高梨みつば

本書は書き下ろしです。

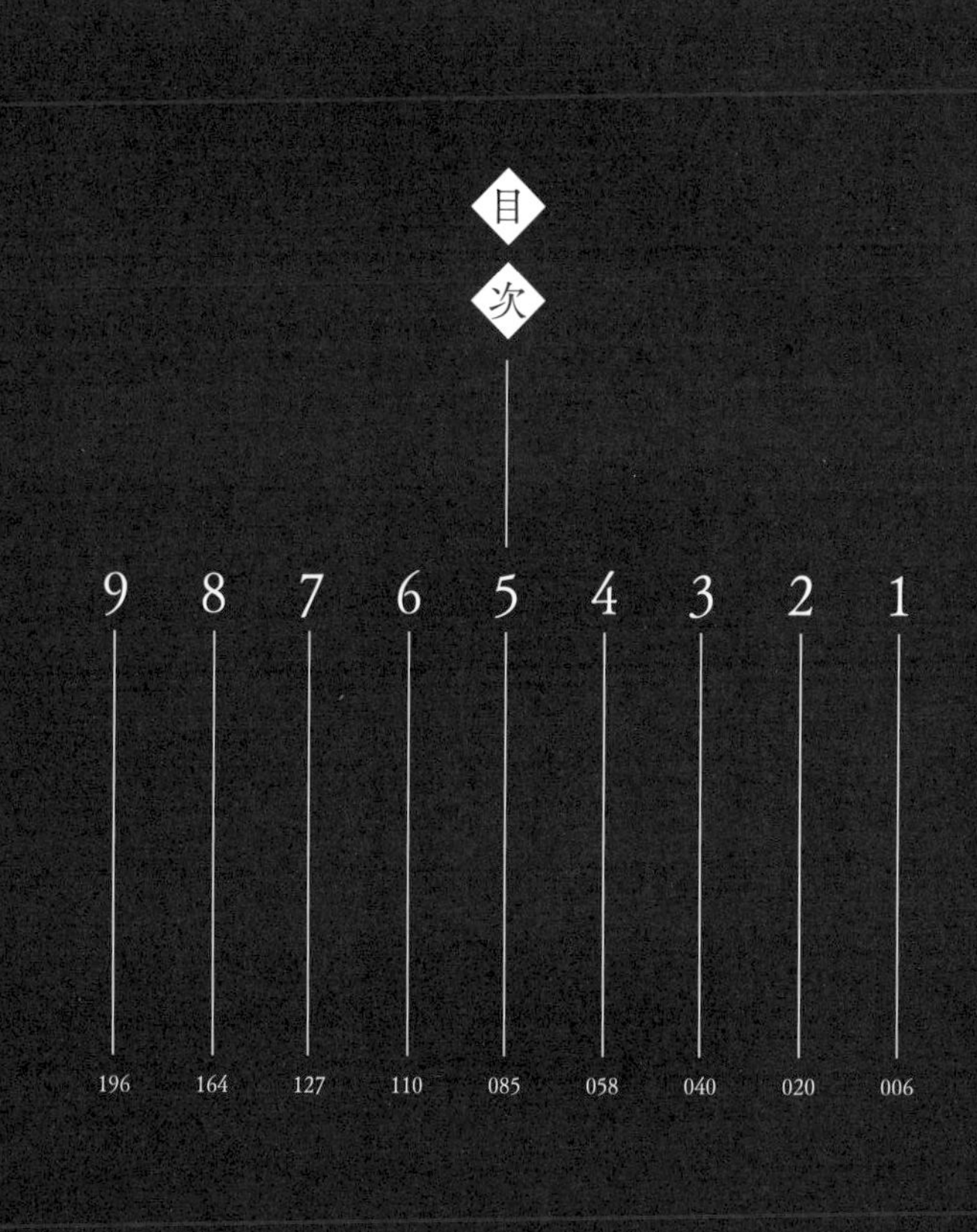

目次

小説 スミカスミレ

香月せりか

原作 高梨みつば

1

澄の母親が亡くなったのは、もうじき九月になる夏の終わりのことだった。

「澄さん、大変でしたね」

斎場に来てくれた介護職員の女性が、お悔やみを述べる。

「いえ。こちらも長い間、お世話になってありがとうございました」

参列者も少ない寂しいお葬式だったから、澄は白髪交じりの頭を丁寧に下げた。

「うちがサポートさせてもらったのは、週に一回ですもの。後はずっとお一人で、お父様に続いて、お母様も介護されて……」

六十歳の今日まで、家族に尽くしてきた澄を、彼女は優しくねぎらってくれた。

「お母様、幸せだったと思います。だからっていうのもあれですけど——これからは澄さん、ご自分のために、ご自分の人生を生きられますね」

（自分のために、か――……）

斎場からの帰り道、母のお骨を抱いて歩きながら、澄はぼんやり考えた。

だが還暦になるこの齢まで、澄は結婚もせず、家族の介護をして生きてきたのだ。

趣味といえば、テレビに流れる映画を録り溜めて、一人で見ることくらい。

そんな地味な人生だったから、自分のためにやりたいことなど、すぐには思いつかない。

蟬の鳴き声が響く道には、桃色をした酔芙蓉が咲いていた。

実家が花農家だった澄は、足を止めて花に見入る。

（私はひとりっ子だったし、子供の頃から、家の手伝いばかりしてた……）

花の収穫や出荷の仕事があれば、友達の遊びの誘いも断るしかなかった。

家の事情はわかっていたから、不満に思ったことはなかったけれど、小さいときはやっぱり寂しかった。

そんなことを思いながら、澄はやってきたバスに乗り、乗車口の近くに立つ。

車内ではどこかの学校の女子生徒たちが、

「ねぇ、これ聴いて。超よくない？」

「ほんとだー」

と音楽のイヤフォンを分け合ってはしゃいでいた。

屈託のないその様子をぼうっと見つめていると、ガタン！　といきなりバスが揺れた。

「ひゃっ……！」

バランスを崩して倒れかけた、そのとき。

「大丈夫ですか？」

涼しげな目をした男の子が、こっちを覗き込んでいた。

半袖の制服を着た彼の手が、澄の腕を掴んで支えてくれている。

「結構揺れるから、座ったほうがいいですよ。後ろの席、空いてますよ」

「ご……ご親切に、どうも……」

とっさのことに真っ赤になった澄は、ぎくしゃくとお礼を言った。

教えてもらった席に座ると、さっきの女の子たちのひそひそ声が聞こえてくる。

「あの人、一高の真白勇征くんだよね。おぼっちゃんなのにバス通してるんだ」

「おぼっちゃん？」

「お父さんが市会議員やってるんだよ」

真白と呼ばれた彼は、他の学校にも噂が流れるほど、このあたりでは有名らしい。

（こんなおばあちゃんにも親切にしてくれて、優しい子なのね……）

じっと見つめていると、真白が澄の視線に気づいて会釈した。

その爽やかな笑顔に、ますます赤くなって頬を押さえる。

（嫌だわ。赤面症、治ってなくて……）

何かあるとすぐに赤くなってしまう癖に、澄は昔から困らされていた。


郊外にある平屋の一戸建てが、澄が家族と暮らしてきた家だった。

「ただいま」

――にゃあん。

帰宅した澄を迎えてくれるのは、猫のじゅり。

白猫だが、手足と尻尾、それから耳の先だけが黒い色をした可愛い子だ。

喪服から普段着に着替えると、澄は仏壇の前で、ずいぶん前に亡くなった祖母と父の遺影に手を合わせた。

（おばあちゃん、お父さん。お母さんがそっちに行ったよ――）

亡くなる直前、母は澄の手を握り、涙を浮かべて言っていた。

『ごめんね、澄。おまえにばかり苦労をかけて……』

遺影の中の母が、今も申し訳なさそうにこっちを見ている気がする。

年老いた母の顔を眺めていると、なんだか切なくなって、澄は納戸へと向かった。

「たしかこのへんに、古いアルバムがあったと思うんだけど……」

母の写真を若い頃のものに替えようと、タンスのひきだしを開けていく。

そうしているうち、納戸の隅に、襖のようなものがあることに気づいた。

折り畳まれているのを開いてみると、それは一隻の屏風だった。

たくさんのカキツバタを背景に、大きな黒猫がこちらを鋭い目で睨んでいる。

「覚えてるわ……この、黒猫とカキツバタの屏風」

澄はほうっと息をついた。

「小さいときに、この黒猫が怖くて泣いていたら、お母さんがどこかへしまったのよ。こんなところにあったのね……」

今見ると、黒猫の絵もそんなに怖くない。

懐かしくなって屏風に触れた途端、左手に痛みが走った。

「いたっ！」

割れた縁の木片が、かなり深く刺さっている。

思い切って引き抜くと、傷から血が飛んで、屏風にぴっと振りかかった。

「大変！　しみとりしなきゃ」

慌てて屏風を覗き込んだ瞬間、奇妙なことが起こった。

シュワ――と蒸発するように、血の痕が目の前で消えてしまったのだ。

「え……!?」


その夜。

布団を敷いた寝室に運んだ例の屏風を、澄はじいっと覗き込んでいた。

（不思議ね……血がついたと思ったんだけど、何度見てもなくなってるわ）

まさか、もうボケちゃった？　と不安になりつつ、一緒に見つけたアルバムを開く。

若い頃の両親と祖母。それに、子供の澄が写っている家族写真があった。

（私、一人になっちゃったなぁ……）

アルバムをめくっていった澄は、あるページではっと手を止めた。

ブレザーの制服を着て、髪をおさげにしている自分――高校の入学式の写真だ。

たちまち、遠い記憶が一気によみがえってくる。

緊張して向かった入学式で、中学からの友達が一緒のクラスになってほっとしたこと。

クラス内で付き合っている男女がいることを知って、奥手な澄が真っ赤になってびっくりしていると、『驚きすぎだよ』とからかわれたこと。

何より嬉しかったのは、一生懸命勉強した期末テストで、学年で十二番になったことだ。

（あの頃は、勉強できるのがすごく嬉しかった。お母さんも『頑張ったね』って、テストの結果を褒めてくれた――）

だが、そんなきらきらした毎日は、長く続かなかった。

二年生になってまもなく、祖母が事故に遭って寝たきりになってしまったのだ。

澄は父親に呼ばれ、頭ごなしに言われた。

『お前、高校をやめて、ばーちゃんの看病と家事をしろ』

両親は花農家の仕事で忙しいから、それをできるのは澄しかいなかった。

『どうか澄を学校に通わせてやってください』と、母は必死に頼んでくれたが、

『女に学問はいらん。子供は親のために働くもんだ！』と、父は決して譲らなかった。

当時は、そんな横暴もまかり通ってしまう時代だった。

『いいよ、お母さん。私、家にいるの好きだから』

泣いて謝る母を慰めたくて、澄は笑って学校をやめた。

けれど、祖母の薬を病院までもらいに行った帰り道。

クラスメイトだった子たちが、文化祭の話を楽しそうにしているのを見かけたときは、家に駆け戻って泣いてしまった。

自分もあの輪の中に混ざりたかった。

皆と一緒に文化祭を楽しみたかった。

家のために学校をやめなければ、そうできたはずだったのに――。

いつの間にか澄は、アルバムを開いたまま眠り込んでいた。

皺の刻まれた目尻から、涙がこぼれていた。

そこに、どこからともなく低い声が響く。


――お前……望み……なんだ……。


聞いたことのない声だ。

けれど、何故か怖いとは感じなかった。

夢うつつの澄は、泣きじゃくりながら思う。

（私……もっと、勉強したかった……もっと高校に通いたかった……本当は、恋だってしてみたかった……）

――望みを言え！

（私は……）

眠る澄の唇が動いて、ずっと胸に封じていた、本当の願いを叫んだ。

「私は十七歳になって、青春を楽しんでみたい……！」


自分の大声に、澄ははっと目を覚ました。

身を起こして、濡れた頬(ほお)をぬぐう。自分が何をしていたのか、記憶がぼやけていた。

「――承知した」

暗い部屋の中で、低い声がまだ聞こえる。

ならこれは、夢の続きだろうか？

「おまえの名は？」

「如月(きさらぎ)、澄――……」

問われるままに澄は呟(つぶや)く。

ひたっ――。

背後で静かな足音がした。

振り返った澄の顔に、大きな影が落ちた。

「――澄。おまえは私の封印を解いた」

自分の見ているものが信じられなくて、澄の目が丸くなる。

「私の名は、黎（レイ）」

そこにいたのは、見上げるほどに大きな黒猫だった。

例の屛風から、抜け出してきたかのように――いや、本当に屛風の絵から、猫の姿が消えている。

「ば、ばけ、化猫（ばけねこ）っ……！」

澄は悲鳴をあげ、後ずさった。

「そのような俗悪な名で私を呼ぶな。忌々（いまいま）しい」

猫が不機嫌そうに言ったが、手を合わせて震える澄には聞こえない。

「この姿が怖いか……ちっ、面倒な」

猫は身をのけぞらせて、「フゥ――」と大きな息を吐いた。

すると。

（え……!?）

黒猫の体が縮んでいき、不思議な光を放って、姿が変わる。

やがてその場に身を起こしたのは、黒い着物を着流しにした、見知らぬ青年だった。

切れ長の目には冷ややかな色気が宿り、整った顔立ちは人間離れしている。

（こんなの、夢よ……）

あまりのことに、澄は再び気絶し、その場に崩れ落ちた。

「やれやれ……気を失ったか」

倒れた澄のそばで、青年は溜め息をついた。

「私の封印を解く鍵（かぎ）は、処女の生き血と願い事――おまえ、その齢（とし）で男を知らんのか」

呆（あき）れたように言った青年は、

「まぁよいわ」

と鼻を鳴らし、澄のそばに膝をつく。

「澄。おまえの望みを叶えてやろう」

澄の体を抱き起こし、青年が澄の口元に唇を近づけた。

意識のない澄と彼の影がひとつになり、澄の体内に、「何か」が流れ込んでいく――。

眩（まぶ）しい光に瞼（まぶた）を撫（な）でられ、澄は目を覚ました。

「あ……あぁ、朝……？」

あたりは明るく、スズメの声が聞こえてくる。いつもどおりの平和な朝だった。

立ちあがった澄の足元に、じゅりがすり寄ってくる。

「じゅりちゃん、ごはんね。ちょっと待って……喉（のど）がカラカラなの」

うがいをしにいこうと、澄は洗面所に立ち寄った。

コップに水を汲（く）んだとき、自分の左手を見つめて「あら？」と瞬（まばた）きする。

「傷が治ってる……？」

屏風の木片が刺さった傷が、きれいになくなっていた。

不思議に思って顔を上げた途端、鏡に映った自分が目に飛び込んでくる。

その姿に、澄は「ひぁあぁぁぁ！」と叫び声をあげた。

「ど、どうなってるの……何が起こったの……？」

あわあわと混乱し、自分の顔をぺたぺたと触る。

その手も、頬にも目尻にも、今はひとつの皺（しわ）もない。

すべすべして張りのある感触と、鏡の中の自分の姿に、澄は呆然（ぼうぜん）と呟いた。

どうしてかはわからない。だけど。

「私……若くなってる……？」

鏡の中にいたのは、昨日の写真に写っていた、高校生の頃の自分だったのだ。

「やっと目が覚めたか。三日も気を失っていたのだぞ」

横から声がして、澄は「ひっ」と身をすくめた。

そこに立っていたのは、夢の中で「黎」と名乗った、着物姿の青年だった。

「化物（ばけもの）……！」

逃げようとする澄の手首を摑（つか）んで、黎は言った。

「私が化物だと言うならば、おまえもそうだ。そのなりで、中身は老婆（ろうば）なのだから」

おびえる澄に、黎はふっと唇をほころばせた。

「お前が望んだことだ。十七になって、青春とやらを楽しみたいと。よって私の生気を分け与え、おまえを若返らせた」

「若返らせる、って……」

突然すぎて、何を言われているのか、すぐにはわからない。

「おまえの願いが成就（じょうじゅ）されたとき、私はあの屏風の呪縛（じゅばく）から完全に解き放たれる。その願いが成就するまで、おまえは私の主（あるじ）ということになる」

「あ……主？」

「そうだな。こうなった以上、礼節はわきまえなければならない」

澄の手首を離すと、黎は居住まいを正した。

「あなたには今から、如月すみれとして生まれ変わっていただきます。どうぞ存分に青春とやらを楽しんでください」

打って変わって丁寧(ていねい)な話し方になった黎を、澄は唖然(あぜん)として見つめた。

（如月、すみれ……——？）

——六十年間、介護(かいご)続きだった澄の人生が、大きく変わり始めようとする瞬間だった。

2

常識では考えられない経緯(いきさつ)で、体が若返ってから一週間。

「私、今年で還暦(かんれき)なのに……」

玄関先に立ったすみれは、真っ赤になって自分の姿を見下ろした。

「セーラー服なんて、やっぱり不自然だわ……！」

「この期(ご)に及んで、何を」

猫のじゅりを抱いた黎(レイ)が、素っ気なく言う。

「よくお似合いですよ。手続きはすませてありますので、いってらっしゃい、澄(すみ)様。――いえ、すみれ様」

「あっ……」

ぴしゃりと玄関の引き戸を閉められて、引き返せなくなってしまう。

（本当に？　本当に私、このまま高校へ行くの？）

胸に鞄を抱え、不安でたまらないまま、すみれは学校に続く道をとぼとぼと歩き出した。

「はよー」

「おはよー」

「ダリ～、新学期、超ダリ～」

学校に近づくにつれ、周りには同じ制服を着た生徒たちが増えてきた。

女の子のほとんどは、高校生なのに化粧をしている。

太腿まで丸見えになるような短いスカートに、茶色く染めた髪の毛。

男の子もパーマをかけていたり、ズボンからシャツをだらしなくはみ出させていたりと、すみれの時代からすると、考えられないような格好だ。

（この中に入って高校生活を送るなんて……みんな、私より四十三歳も年下なのに……）

このまま学校へ行くのは、やっぱり無理だ。

もう少し心の準備をしてから――と身を翻した途端、ドンッ！　と誰かにぶつかる。

「ご、ごめんなさい！」

落とした鞄に手を伸ばすと、ぶつかった相手がしゃがみこんで先に拾ってくれた。

「大丈夫?」

聞き覚えのある声に顔をあげて、

「あ……」

すみれの顔がまた赤くなっていく。

鞄を手渡してくれたのは、母の葬儀の帰り、バスですみれを助けてくれた、あの男の子だったのだ。

(確か、名前は真白くん――)

「こ……この間はバスで、ありがとうございました」

「バスで? えっと……」

ぺこりと頭を下げたすみれに、真白は不思議そうな顔をする。

すみれははっとし、慌てて「なんでもありません!」とごまかした。

今はあのときの姿とは違うのだから、わからないのも当然だ。

「はよー、真白。早く行かねーと予鈴鳴るぞー」

「おー」

友達らしい男子に声をかけられて、真白は学校に向かっていった。

――キーンコーン、カーンコーン。

響いてくる鐘の音に、すみれは目を細め、校舎を見上げる。

（懐かしい……）

県立椿丘（つばきおか）第一高等学校。通称、一高（いちこう）。

建物はすっかり新しくなってしまっているけれど、すみれがかつて通った高校だった。


職員室に向かったすみれを、担任の男性教師は、

「話は聞いてるよ。転入生の如月（きさらぎ）さんだね」

とにこやかに迎えてくれた。

（すごい……本当に黎は、私が学校に通えるようにしてくれたんだ）

不思議な妖術を使って、関係者の意識に働きかけ、六十歳だった如月澄が、十七歳の如月すみれとして生きられるよう、手を回してくれたらしい。

案内された教室に足を踏み入れるとき、すみれの胸は緊張に張り裂けそうだった。

二年Ｂ組。

今日からまたここで授業を受け、友達を作ることができるのだろうか。

「みんな、席につけ。二学期早々、転入生だぞー！」

ガラリとドアを開けた教師の声に、教室中がざわついた。

注目の中、すみれはかちこちになって教壇(きょうだん)の横に立つ。

「えー、京都から引っ越してきた、如月すみれさんだ」

どうやら教師の中では、そういうことになっているらしい。

嘘をつくのは心苦しいが、すみれはどうにか顔をあげ、クラスメイトに向き直った。

「たっ、ただいまご紹介にあずかりました、如月すみれと申します！　ご迷惑をおかけすることがあるかもしれませんが、よろしくお願いいたします……！」

大きくお辞儀(じぎ)するすみれの耳に、ぼそっと呟(つぶや)く声が聞こえた。

「なんか地味だな」

「てか、スカート長くね？」

（あ……やっぱり、この着こなしじゃ変なのかしら）

膝下二十センチのスカートを揺らしながら、すみれは席まで歩いていく。

左右に座った生徒たちに、

「よろしくお願いします、よろしくお願いします」

とぺこぺこ頭を下げると、

「はぁ……」

「どうも……」

と、戸惑ったような反応が返ってきた。

（な、何がいけないんだろう……）

最近の子とどう話せばいいのか、さっぱりわからない。

そうこうするうちに、新学期に向けての諸注意が終わり、教師が出ていった教室は再び活気を取り戻した。

今日は始業式の日だから、これで解散になるようだ。

「ねー、今日のイベント、結局あと誰来るのー？」

「はーい！」

「あたし、行くよーっ」

席に座るすみれの周囲で、クラスメイトが盛り上がっている。

（イベントって何かしら）

尋ねることもできずにぽつんとしていると、そのうちの一人が声をかけてくれた。

「えーと、如月さんだっけ？　如月さんも、一緒に来る？」

「……え？」

（私も、誘われた――？）

思いがけないことに驚くすみれを、輪の中から冷めた目で見ている女子がいた。

ゆるいふわふわのパーマをかけた髪に、目元のぱっちりした美人だ。

誘ってくれた女の子は彼女に気づいて、

「あ……やっぱり……」

と言い淀(よど)む。

そこに。

「来たらいいじゃん、如月さんも」

気さくな口調で言ってくれたのは、朝にも出会った真白だった。

今まで気づかなかったが、彼も同じクラスだったのだ。

「二ヶ月に一回くらい、クラスでイベントするんだ。っても、今回はカラオケだけど」

「あ……ありがとう」

すみれはどきどきして目を伏せた。

「カラオケは……行ったことないんだけど、頑張ります」

「じゃあ一回帰って着替えて、四時に山百合(やまゆり)駅に集合な！」

——放課後に友達と遊びに行く。

それは、家業の手伝いに明け暮れていたすみれが、ずっと憧れていたことだった。

（うわぁぁ……どうしよう……）

浮き足立ったすみれは、家までまっすぐ走って帰った。

「ただいま——って、黎！　何をしてるんですか？」

部屋の中に広げたたくさんの本を、黎が読みふけっている。

その格好は、一体どこで調達したのか、黒いシャツにズボンという現代風のものだ。

「おかえりなさいませ、すみれ様」

『戦前の日本　明治・大正時代』と書かれた本から、顔もあげずに黎は言った。

「高校の図書室とやらから、文化民俗の研究のため、書物を借りてきました」

「え？　うちの高校に来たんですか？」

「ええ、一応偵察に。……それで、勉強はしたのですか？　好きな男は見つかったのですか？　青春とやらは楽しみましたか？」

「ま、まだです。今日は午前中だけだったから」

畳みかけるように言われて、すみれはしどろもどろになる。

「で……でも、遊びに誘われました！　クラスの誰でも参加できそうな感じだったけど」

ほう――という顔で、黎がこっちを見た。

「では、その準備はいかがしますか？」

「そ、そうね……何を着ていけばいいかしら……」


数時間後。

「お待たせしてすみません」

「如月さん……？」

駅に着いたすみれに、私服に着替えたクラスメイトたちは、そろって目を点にした。

（ちょっと派手すぎたかしら……）

放課後の遊びというので、つい張り切って、若い頃の一張羅（いっちょうら）を着てきてしまった。

全体に大きな花柄が散ったオレンジ色のワンピースで、腰は白いベルトできゅっと締める。これが当時は、とても流行（はや）ったスタイルなのだけれど――。

「だ……大丈夫だよ。時間ぴったりくらいだから」

なんだか曖昧（あいまい）に笑われ、目をそらされているのは気のせいだろうか？

「じゃあ、移動しよう。遅れたやつは、店に直接来いってライン飛ばしといて」

ぞろぞろと歩き出す集団の最後から、すみれはぽつねんとついていった。

地元の商店街で買ったばかりの新しいサンダルは、サイズが合わずに靴ずれを起こしている。

（でも、遅れちゃいけないから）

痛みをこらえて辿り着いたのは、駅からほど近いカラオケボックスだ。

初めて足を踏み入れたすみれは、きょろきょろと周囲を見回した。

（へぇ……部屋って、意外と広い……）

大きなテレビがあって、ソファがあって、照明は暗くて、それからかなり煙草臭い。

クーラーががんがんにきいていて、冷え性気味のすみれは、カーディガンを羽織ってこなかったことを後悔した。

「如月さんって、飲み物は何頼む？」

眼鏡の男の子が、四角い機械をペンのようなものでつつきながら訊いてくれた。

「あ……えっと、ホットのコーヒーでお願いします」

体を冷やさないようにと温かいものを頼んだとき、ガチャッと部屋のドアが開いて、真白が入ってきた。

「悪い、遅れて」

「おー、真白。飲みもんどーする？」

「オレ、ウーロンで。ふー……あっち」

シャツの襟をぱたぱたさせて真白が座ったのは、偶然にもすみれの隣だった。

それをまたじっと見つめているのは、例のゆるふわパーマの女の子だ。

「ちょっと、亜梨紗。あれ……」

彼女の隣に座った金髪の女子が、眉をひそめて耳打ちしている。

そんなことに気づかない真白は、すみれに向かって気軽に話しかけた。

「如月さん、なんか懐かしい感じの服着てるね」

「あ、これは昔、母が縫ってくれた服で……」

すみれは、ワンピースの胸元をそっと押さえた。

年頃ならオシャレもしたいだろうと、母が花柄の布を買って仕立ててくれた、大切な思い出のワンピースだ。

（でもやっぱり、今の子から見たら古臭いのかも……）

うつむいてしまったすみれの耳に、明るい声が飛び込んできた。

「へぇー、お母さんすげぇな！　服が縫えるなんて」

（え……）

真白の褒め言葉はまっすぐで、曇りのない笑顔がそこにはあった。

一瞬驚いたすみれだけれど、遅れて胸が温かくなる。

「ちょっと、真白。こっち来てよ！」

金髪の女子が、亜梨紗と自分の間の席を、ぽんぽんと叩いた。

「おー、行くわ」

呼ばれた真白は、あっさりと席を立って行ってしまったが、すみれは彼からなんとなく目が離せなかった。

（いい子だなぁ……真白くん……）


一時間後。

カラオケ大会は盛り上がり、みんな楽しそうに歌っている。

すみれにとっては、日本語だか外国語だかわからない騒々しい曲ばかりだったけれど、大勢の中の一人になって、聴いているだけでも満足だった。

少し素敵だと思う曲が流れてきたので、思い切って隣の子に話しかけてみる。

「あの、この曲はなんていうんですか？」

「えー、知らないの!? 今、超はやってんだけど」

「ごめんなさい。最近の曲にはうとくて……」

「え、じゃあさ。逆に、如月さんってどんな曲聴くの？」

「え……えーと……ずうとるび、とか」

「は――？」

などというやりとりののち、すみれの手元に、四角い機械が回されてきた。

液晶の画面を操作して曲を入力するようだが、すみれは目を白黒させた。

「次、如月さんの番だよ。曲入れなよ」

（どうやって使うんだろう、これ。わざわざ訊くのも悪いし……）

とりあえず見よう見まねで、画面をあちこちつついてみる。

そのときマイクを握っていたのは、真白の隣に座った亜梨紗だった。

「やっぱ亜梨紗は歌うめーわー！」

「うんうん、すげぇよなー」

きれいな声で、テンポのいい曲を歌う彼女は、クラスの中心人物のようで、男子たちからもてはやされている。

そのとき、プツッと唐突に演奏が途切れた。

『……え？』

困惑と苛立ちの混ざった亜梨紗の声が、マイクに乗って反響する。

「……え？」

と同じように呟いたすみれに、みんなの尖った視線が突き刺さった。

「ちょっとぉ、亜梨紗が歌ってんのに、なんで消すの!?」

「歌ってる途中で消すとか、超ありえないんですけどぉー」

（し、失敗しちゃった……！）

自分の操作ミスに気づいたすみれは、必死に謝った。

「ごめんなさい！　使い方がわからなくて……」

「はぁ？　使い方がわかんないって、ババァかよ？」

亜梨紗の友達らしい金髪女子で、美紀と呼ばれていた子が、髪をねじりながらせせら笑った。

亜梨紗もグロスを塗った唇を尖らせ、すみれを睨んでいる。

きまずい空気が膨れ上がって、すみれを押し潰しそうになったとき。

「じゃあさ。次、オレの曲だから一緒に歌う？」

「えっ」

真白に話しかけられて、亜梨紗はたちまち嬉しそうな顔になった。

新しい曲が流れ始め、マイクを取った二人は声を揃えて歌いだす。

「よかったね、真白がフォローして」

「雰囲気悪くなるとこだったもんね」

こそこそと話す女の子たちの声が聞こえて、すみれは歌う真白の横顔を見つめた。

(真白くん、私を助けてくれたんだ……)


やがてすみれは、曲と曲が途切れた合間にトイレに立った。

用を足して個室を出ようとしたとき、外から女の子たちの声が聞こえた。

「ってかさ、超ウケんだけど」

「ほんと。なんなの、あの花柄の服」

ゲラゲラと甲高い笑い声に、ためらいつつドアを開ける。

そこにいたのは亜梨紗と美紀で、すみれを見ると急に無表情になり、口をつぐんだ。

「さっきはごめんなさい。曲の途中で止めちゃって」

謝るには今しかないと、すみれは頭を下げた。

「……ほんとウゼーよなー」

目をそらした美紀が、鏡に向かってマスカラを塗り直しながらぼやいた。

「うちら、このクラス会、超大事にしてんのに。曲止めるような浮いてるヤツがいると」

「あっ、別に如月さんのことじゃないんだよ？」

亜梨紗が首を傾げ、白々しくにこっと笑った。

「でもねー。空気読めない人がいると、場の流れが止まっちゃうし。みんな楽しくないいんじゃないかなぁー？」

すみれはとっさに言葉が出なかった。

「……そうだね。お邪魔しちゃってごめんなさい」

間の抜けた沈黙のあと、やっとそう言って笑顔を浮かべる。

部屋に戻ったすみれは、幹事の子に、用事があるから先に帰ると言ってお金を渡した。

「じゃあ、お先に。さようなら」

「あ、如月さん――」

にぎわうカラオケルームから立ち去るすみれに、真白が腰を浮かせたが、流れる曲の音にまぎれて、その声は届かなかった。

逃げるようにカラオケボックスを出たすみれは、ガラス戸に映った自分の姿に、ぎくりとして足を止めた。

くっきりと顔に皺の刻まれた老女が、場違いに派手な花柄のワンピースを着ている。

慌てて瞬きすると、その幻はたちまち掻き消えた。

気のせいだ——そう思うけれど、本当の自分は、まぎれもない六十歳なのだと思い知らされたばかりで。

立ち尽くすすみれに、後ろから声がかけられた。

「足をどうしたのですか？」

振り返ると黎がそこにいて、すみれの足元を見つめていた。

合わないサンダルで歩いた足は、靴ずれのせいでじくじくと血がにじんでいた。

「大丈夫です。……また偵察ですか？」

「はい。あなたが一人で出てくるのが見えたので。——何かありましたか？」

淡々と問いかけられて、すみれはぽつりと洩らした。

「放課後、友達とはしゃぐって憧れてたんですけど……ダメでした」

ろくに遊んだことのない人間が、はりきって周りに合わせようとしても、浮いて迷惑をかけてしまうのだ。

まして、今時の子たちとどうやれば仲良くなれるのかなんて、自分にはわからない。

「あの子たちの雰囲気を壊してしまうなら、私は六十歳らしく、おとなしくしておいたほうがいいのかもしれないって……」

すみれは小声になり、うつむいた。

失われた青春を取り戻そうだなんて、やはり大それた願いだったのだ。

「——馬鹿馬鹿しい！」

ハッ、と一笑に付されて、涙目になりかけていたすみれは呆気にとられた。

「あなたは六十年、寝て過ごしたのですか？　何も感じず、何も学ばなかったのですか？　私の主のくせに、子供に気を遣うなど情けない」

いつも素っ気ない黎にしては、珍しく強い口調だった。

「六十なら六十の老婆らしく、胸を張って厚かましく生きろ！」

「な……」

いきなり怒鳴られ、すみれはむっとして言い返す。

「あの！　この間から思ってるんですけど、六十歳はまだ老婆じゃないですから！」

「そうですか。私の知っている時代では立派な老婆でしたので」

すみれのことを主だなんだと言うくせに、可愛げのない黒猫だ。

と、黎が距離を詰めてきて、すみれの体をひょいっと横抱きにした。

「ひゃっ……何するんですかっ!?」

「足が痛いのでございましょう」

軽々とすみれを抱えたまま、黎は往来をすたすた歩き出した。

「お、下ろしてください！　人が見てるじゃないですか！」

道を行く人々の視線が気になって、頬を染めたすみれは、黎の肩をばしばしと叩く。

「やかましい女だ。いえ――」

ちらりとすみれを見下ろして、黎は傲慢に言い放った。

「やかましい女でございますね」

「は、腹の立つ……」

どう暴れても黎はすみれを下ろしてくれず、最後には身を任せるしかなかった。

(『胸を張って厚かましく』、か……)

黎に抱かれて運ばれながら、すみれは彼の言葉を思い返す。

(そうかもしれない。私は六十年生きてきて、かっこいい人生じゃなかったけど、人に恥じるような人生じゃなかった)

そう思うと、少しだけ前向きになれそうな気がした。

「それで、好きになれそうな男は見つかったのですか？」

「えっ……そんな……まだいません」

とっさに頭の中に浮かんだ顔を、すみれは首を振って打ち消した。

青春を楽しみたい。

恋をしてみたい。

そう確かに願ったけれど、いくら厚かましくなれと言われたところで、自分の中身は六十歳で、彼らは十七歳で。

（そんな子たちに恋をするなんて、やっぱりいけないことじゃないかしら――）

3

三時限目の体育館には、たくさんの音が重なって入り乱れていた。
バスケットボールが床に叩きつけられる、ダンダンという音。
生徒たちのシューズが床に擦れる、キュッキュッという音。
「パス、パス！」
「いけっ、シュート！」
体操服姿の女子たちが、ゴール前でお腹の底から叫ぶ声。
すみれもボールを追って走りながら、ポニーテールを揺らして満面の笑みを浮かべた。
（うわぁ……体が軽い！）
腰も膝も全然痛くない。まわりの景色がぶれて、どんどん後ろに飛んでいく。
（そういえば、昔はこんなふうに走ってたんだった。……あぁ、若いってすごい！）
感動のあまり、無我夢中で手足を振り、

「ちょっとちょっと、如月さん、どこ走ってんの!?」

と止められるまで、すみれは終了の笛が鳴ったことにも気づかず、コート内をぐるぐると走り続けてしまった。

（汗をかくのって、気持ちいい——）

心地よい疲労感に息をつき、壁に背中を預けて座り込む。

奥のコートでは、男子の試合が始まっていた。

つい目で追ってしまうのは、ひときわ俊敏な動きをしている生徒——真白だ。

床に弾むボールは、大きな掌に吸いつくように、彼の走りについていく。

立ちふさがる敵チームの妨害も難なくかいくぐり、フェイントをかけて翻弄し、ふっと腰を落とした次の瞬間。

（わぁ……！）

しなやかに伸び上がった真白の手から放たれたボールは、きれいな放物線を描いて、ゴールネットに飛び込んでいった。

「ナイスシュート、真白！」

同じチームの男子たちとハイタッチして、真白が嬉しそうに笑う。

（真白くんって、スポーツも得意なんだ）

カラオケも上手だったし、すごいな——と感心しているすみれに、隣に座った眼鏡の女子が話しかけてきた。隣の席の福屋さんだ。

「そういや如月さん、こないだのクラス会で、亜梨紗のカラオケ止めちゃったんだって？」

「あ……そうなんです。それは申し訳なかったなって……」

「亜梨紗たちには気をつけたほうがいいよ？」

声をひそめて告げられ、すみれは目を瞬かせた。

「うちのクラスにね。由ノ郷千明って、けっこう美人な子がいたんだけど。亜梨紗たちに目つけられて、学校来なくなっちゃったんだよね」

「そう……なんですか？」

どう反応していいかわからないでいるすみれの肩に、バンッ！　とバスケットボールのぶつかる衝撃が弾けた。

「あぁー、ごっめーん如月さん。当たったぁー？」

語尾を伸ばして近づいてきたのは、この間のカラオケで、すみれに「ウゼー」と言った美紀だった。

その後ろで亜梨紗が、腕を組んでこっちを見つめている。福屋さんが気まずそうに、さっと視線をそらした。

（……これってもしかして、嫌がらせされてるのかしら）

暗い気持ちになりかけたが、こっちだって伊達に六十年生きてきたわけじゃない。

すみれは転がったボールを拾うと、にっこり笑って美紀に手渡した。

「はい、どうぞ。ボールです」

「…………」

眉間に皺を寄せた美紀が、亜梨紗のもとに戻っていって、「何、あいつ」と吐き捨てる。

（多少ものがぶつかっても、この体なら痛くないわ）

若さという武器を手にしたすみれは、今なら少しくらいのことは、強い心で撥ね返せそうな気がしていた。


その日の放課後。

ホームルームが終わり、帰ろうとしていたすみれは、教室の隅の机に目を留めた。

そういえば、すみれが転入してきた日から、ここはずっと空席だった。

病気療養している生徒でもいるのかと思っていたけれど。

（由ノ郷千明さん……だっけ）

　プリントが乱雑に突っ込まれた机を見て、福屋さんが教えてくれたことを思い出す。

　亜梨紗たちと何かのトラブルがあって、学校に来なくなったという女の子——。

（余計なお世話かもしれない。……けど）

　プリントを取り出し、整理していると、真白が近づいてきた。

「どうしたの、如月さん」

「あ、真白くん。……あの、由ノ郷さんのお家って、どこだか知りませんか？」

「え？」

「このプリント、届けてあげようかと思って。先生に訊いたら教えてくれるでしょうか」

「だったら、オレと一緒に行く？」

　今度はすみれが「え？」と訊き返す番だった。

「オレの家と由ノ郷の家、近いんだ。オレも彼女のこと気になってたし、女子が一緒だと、訪ねていきやすいから」

「は……はい、ありがとうございます！」

　親切な申し出に頭を下げると、真白は顔をくしゃりとさせて笑った。

「同級生なんだから、敬語なんて使わなくていいのに。前から思ってたけど、如月さんって面白いよね」

真白と一緒にバスに乗り、由ノ郷千明の家に辿り着いたときには、空はもうすっかり夕暮れの色に染まっていた。

（会ったこともないクラスメイトが突然来たら、怪しまれないかしら）

どきどきしつつ、真白もいてくれるのだからと、思い切ってインターホンを鳴らす。

「あら？　もしかして、千明のお友達？」

出てきたのは、エプロンをつけた、千明の母親らしい中年の女性だった。

「あ、あの……友達というわけではないんですけど、プリントを届けに……」

「はじめまして。クラスメイトの真白と言います。こっちは如月さん。よろしければ、由ノ郷に会わせてもらえますか？」

しどろもどろになるすみれに対し、真白はしっかりとしたものだった。

母親の表情が、みるみる明るいものになる。

「千明に会いに来てくれたの？　じゃあ上がっていきなさい！」

「すみません、夕暮れ時に。お夕飯のお支度とかあるでしょうに」

「やぁね、如月さんって言ったっけ？　面白いね、あんた、おばさん臭くて！」

恐縮するすみれの肩を、千明の母はばーんと叩いた。

（おばさん……を通り越して、実はおばあちゃんなんです……）

ちらりと横を見れば、真白もくつくつと笑っている。

家にあがらせてもらうと、母親は階段の下から二階に向かって、

「千明ー？　お友達が来てくれたよー！」

と大声で呼びかけた。

だが、どれだけ待っても返事はない。

「ごめんねぇ。普段から、ご飯のときしか降りてこないのよ」

申し訳なさそうに謝られ、すみれと真白は顔を見合わせた。

プリントは預けて、このまま帰ることもできる。

だけど、せっかくここまで来たのだから、千明が元気かどうかだけでも知りたい。

なんとなく、真白もそう思っているような感じだった。

「……ご迷惑でしょうけど、待たせてもらってもいいですか？」

「もちろんよ！　夕飯食べていくでしょ？　お父さんのリクエストで今日は天ぷらなの」

娘を心配してもらったことが嬉しいようで、千明の母は、すみれたちを引き止めた。

「でもねぇ、天ぷらは子供たちにはあんまり評判よくなくてねー。どうしても衣がべちょってなっちゃって……なんでかねー？」

はぁっと頬に手を当てて息をつく母親に、すみれはおずおずと申し出た。

「あの、それなら……――」


「すげぇ、この天ぷら、さっくさく！」

「ほんとおいしいわー。如月さん、ありがとう！」

千明の弟と母親が絶賛する中、すみれはからりと揚がった追加の天ぷらをテーブルに運んだ。

「衣にちょっとお酢を混ぜると、さっくりした食感になるんです。揚げたてをすぐに召し上がってくださいね」

「如月さん、すごいよ。オレ、こんなにうまい天ぷら、初めて食った」

さつまいもの天ぷらをつまむ真白から、尊敬のまなざしを向けられて、すみれは照れくさくなってしまう。

「――誰、あんた？」

わきあいあいとしているダイニングに、困惑した声が響いた。

はっとして視線をあげれば、長い髪を分けて額を出した女の子が、ドアのところで佇んでいた。

（この人が、由ノ郷千明さん――……）

すらりとしたモデル体型で、何気ないジーンズとTシャツのスタイルが様になっている。化粧もしていないのに、目鼻立ちのくっきりした大人っぽい美人だ。

「はじめまして！　由ノ郷さんと同じクラスで、転校生の如月すみれと申します」

「なんでその転校生が、うちで天ぷら揚げてんの……？」

千明の戸惑いはもっともだ。

そこで真白が事情を説明してくれて、三人は千明の部屋に場所を移した。

年頃の女の子らしい部屋の床に正座し、千明にプリントを渡したすみれは、思い切って核心に切り込んだ。

「由ノ郷さんは、亜梨紗さんたちにいじめられたから学校に来ないいんですか？」

「如月さん――」

単刀直入なすみれに、真白がわずかに目を瞠る。

気分を害させたらどうしようと思っていたが、千明の表情に変化はなく、静かに口を開いた。

「いじめってわけじゃないけど……私、最初は亜梨紗のグループにいたし」

「そうなんですか？」

「うん。でも、亜梨紗がね。クラスに嫌いな子がいるから、その子とは喋らないでって、私にも言ってきて……そーいうのかっこ悪いよねって、言っちゃったんだ。そこからシカトが始まって……」

　他のクラスの女子も亜梨紗に命令されて、みんなが千明を避けるようになったらしい。

「だんだんめんどくさくなっちゃって……昔から女子の集団って向いてなかったし、なんか、もういいかなって……」

　膝の上で頬杖をつき、千明はあさっての方角を向いた。

　投げやりなその横顔に、すみれは不吉な予感を覚える。

「もしかして、高校やめるんですか？」

「うん。それでも生きていけるし」

「よくないです。よくないですよ……学校、やめないでください！」

　強く訴えたすみれに、千明ばかりか、真白も面食らった顔をした。

「……あのさ。私とは、今日会ったばっかりだよね？」

なのにどうしてそこまで踏み込んでくるのかと、千明は訝しんでいるようだ。

「余計なおせっかいかもしれないけど……わかるんです」

すみれは、ぎゅっと手に力を込めた。

「歳をとってから、もっと高校のときこうすればよかったとか、ああすればよかったとか思っても遅いんですよ」

「でも私、そんなに長生きするかなんてわかんないし」

(どうしよう……どうやって説明しよう)

とりつく島のない千明に、すみれは懸命に頭をひねった。

けれど、取り繕ったうわべの説得では、千明に届かない気がして——。

「……六十歳の、おばあさんがいたんです。おばあさんの人生には、たったひとつ思い残すことがありました」

口をついて出てきたのは、すみれ自身の率直な思いだった。

「だけど、いくら思い残しても時間は戻らない。そのうち、思い残しているという気持ちに蓋をして生きてきました」

唐突に重みを増したすみれの言葉に、千明は口を挟まず耳を傾けている。

「だからもし、奇跡が起きて時間が戻ったら、今度は自分の思うように生きてみようって思ったんです」

「……それ、あんたのおばあさんの話？」

千明がわずかに身を乗り出した。

「そうです。もう――いないけど」

「そうなんだ……えっと、あんた、名前なんていったっけ？」

「如月です。如月すみれ」

「ありがと、如月さん。わざわざ来てくれて。気が向いたら、学校行くわ」

千明が初めて、小さく笑った。

それが本心からの言葉なのか、この話を終わりにするための方便なのか、すみれにはよくわからなかった。


由ノ郷家をおいとましたあと、暗くなった道を、真白がバス停まで送ってくれた。

「オレ、なんの役にも立たなかったな。由ノ郷に向かって、なんて言えばいいのかわからなくて……如月さんは、えらいよ」

「そんな。励ましたかったんですけど、なんだか、自分の気持ちを押しつけただけになっちゃって……」

千明には千明にしかわからない悩みがあっただろうに、彼女の心を土足でずかずかと踏み荒らしてしまったのではないかと心配だった。

「由ノ郷は、きっと嬉しかったと思うけどな」

「そうでしょうか」

「うん。如月さんのおばあさんの話、オレもちょっと考えた。時間は巻き戻らないんだから、今をちゃんと楽しまなきゃいけないいんだって」

「真白くん……」

自分の言葉を、真白がそんなふうに受け止めてくれていたなんて。

もっと何かを話したかったけれど、嬉しいような泣きたいような気持ちで、胸がいっぱいになってしまう。

当たり障りのない会話しかできないうちにバスが来て、すみれは乗り込んだ。

「じゃあ、如月さん。また明日」

「はい。……また」

バスが道の角を曲がって見えなくなるまで、真白はずっと手を振ってくれていた。

窓にこつんと額を預けて、すみれは目を閉じる。

明日も真白と学校で会えることが、なんだかとても尊いことのように思えた。


翌日の教室。

「持田」

「はい」

「柳井」

「はーい」

担任教師が出席をとる中、主のいない机に、すみれはちらりと目をやった。

（由ノ郷さん、やっぱり来ないのかしら……）

「由ノ郷……――由ノ郷」

担任が出席簿から顔をあげ、返事がないことに肩を落としたとき、教室の前のドアがガラリと開いた。

「……はよーございます」

入ってきた女子生徒に、みんながはっとした顔になる。

「由ノ郷、来たのか！」

「うわ。久しぶり、千明」

クラスがざわめく中、千明は首を巡らせてすみれを探すと、少しはにかんだ顔をした。

(由ノ郷さん……！)

千明が学校に来てくれた。

一時限目の授業が終わると、すみれは千明の机に飛んでいった。

「おはよう、由ノ郷さん！」

「おはよ。なんでそんなに如月さんが嬉しそうなのか謎だけど……あー、全然授業わかんなかったな」

「それは私も一緒で、今頑張ってるところなんです。よかったら、ノート見せますね」

うきうきしながら千明と話すすみれに、

「如月さん。ちょっといいかな？」

と声がかかる。

振り返った先に立っていたのは、亜梨紗と美紀だった。

すみれを廊下(ろうか)に連れ出すと、亜梨紗は可愛(かわい)らしい笑みを浮かべる。

「あのね、如月さんは知らないと思うんだけど。千明とあんまり仲良くしないほうがいいと思うんだ。千明ってキツイこと言うから、クラスでも傷ついてる子けっこういてね？」

千明と仲良くすると、如月さんまでそういう子だと思われるよ――？　と親切ごかしに忠告される。

気づけば、亜梨紗と美紀に挟まれたすみれを、教室のドアの隙間から、クラスメイトが野次馬的に眺めていた。

その中には心配そうな真白や、千明自身の姿もある。

千明がすっと目を伏せ、悲しげな表情になったのを見て、すみれの中で何かの感情が動いた。

「……わからないわ。キツイことを言われて傷ついたのは、クラスの子じゃなくて亜梨紗さんでしょ」

正面から言い返したすみれに、亜梨紗がぽかんとする。

「だったらそう言えばいいのに。直接伝えずに、まわりを巻き込んで、由ノ郷さんを嫌われ者だって思わせるなんて――……メッ！」

おばあちゃんが孫を叱るような口ぶりに、視界の端でクラスメイトがずっこける。

だが、すみれ自身はどこまでも真面目に、亜梨紗に訴えた。

「由ノ郷さんに謝って、仲直りしてきましょう？」

「なに、急にエラソーに。ねえ亜梨紗、こいつバカじゃないの！」

激昂(げっこう)する美紀にも、すみれはきっぱり言った。

「それから美紀さんも、ボールを人にぶつけてはダメですよ」

「なっ……」

美紀がわなわなし、亜梨紗が唇を噛(か)んで黙ってしまったところに、千明が進み出た。

「亜梨紗。……前に言いすぎたこと、謝るよ。ごめん」

あたりはしんとしていて、千明の声はまっすぐに亜梨紗に届いた。

まさか千明のほうから折れると思わなかったのか、亜梨紗の耳が赤くなり、拗(す)ねるような口調で言う。

「そ……そんなに千明が謝るんなら、許してあげてもいいけど。あたしも……ほんのちょっとくらいは、悪かったかもしれないし……」

口の中でもごもご呟(つぶや)く亜梨紗は、小さな子供みたいだった。

照れくさいのか、ぷいっと立ち去ってしまう亜梨紗を、美紀が慌てて追いかける。

「如月さん。……ありがとう」

千明がすみれに向き直り、首を傾(かし)げた。

「ところで、メッて何?」

「言いませんか？　メッって」

「言わないよー。あー、おかしい」

くっくっと肩を揺らす千明の後ろで、真白も笑っていた。

「オレも面白かったよ。かなりツボった」

「えぇぇ……」

真白にまで笑われて、いつものようにすみれが真っ赤になっていると。

「友達なんていらないと思ってたけど、如月さんに会ったら気が変わった」

ふわりと、やわらかく千明が微笑む。

「これから、すみれって呼んでいい？　私のことは千明でいいから」

「え……うん。千明——……」

すみれの頬の赤らみが、またかぁっと増していく。

若返ってから初めてできた友達を呼び捨てにするのは、なんだかくすぐったくて——とても、とても嬉しかった。

4

「ど……どうしましょう、黎（レイ）」

ある日、学校から帰ったすみれは、玄関先でへなへなとへたりこんだ。

「何かありましたか、すみれ様」

「私……その、あの……」

和服姿で懐手（ふところで）をしている黎に、すみれはすがるように訴えた。

「真白（ましろ）くんから、遊びに誘われてしまいました……！」


ことの発端は、つい数時間前のこと。

ようやく学校にも慣れ始めたすみれは、中間テストが近いため、放課後の図書室で勉強していた。

そこに真白がやってきて、

『よかった。如月さん、まだ帰ってなくて』

と息を切らして笑った。

その手には、見覚えのある赤い財布があって――。

『あ、それ、私の！』

『うん、オレが拾ったんだ。学生証が入ってたから、如月さんのだってわかって。連絡しようにも、如月さんの携帯番号知らないし』

だからわざわざ、学校中を探し回ってくれたのだろうか。

『すみません、ご迷惑をおかけしました』

図書室だったから大きな声は出せなくて、すみれは小声で謝った。

『如月さん、ここで勉強してたの？』

『あ……はい。私、数学があんまり得意じゃなくて』

『どこかわからないところがあるの？　オレがわかればいいんだけど』

机の上に広げたノートを、真白がひょいと覗き込む。

それから何故か、彼に勉強を教えてもらうことになった。

真白の教え方はとてもわかりやすくて、難しい応用問題がするする解けていく快感に、すみれは瞳を輝かせた。

『すごい、できたわ！　だったら、こっちの問題も解けるかもしれないわ……！』

嬉々として問題集をめくっていると、真白はふいに真面目な顔になって言った。

『……あのさ。オレ、財布落としたのが別の人だったら、どうしても今日中にって、届けたりしないから』

（――え？）

どういう意味かと首を傾げ、すみれの胸はどきんと高鳴った。

向かいの席に座った真白の目元が、ほんのりと赤くなっていた。

『如月さんって授業中、一人だけ背筋伸ばして、先生の話、夢中になって聞いてんだよね。それが、なんだかかっこよく見えたっていうか……』

いつもまっすぐに人のことを見る真白が、今だけは伏し目がちに話している。

彼の緊張が伝わって、すみれまで息ができなくなりそうだ。

そうして、思い切ったように顔を上げて、真白は言ったのだった。

『中間テストが終わったら、二人でどっか行かない？』――と。

「それでは私の計画は、うまくいったということですね」

畳(たたみ)敷きの居間に移り、すみれの話を聞き終えた黎は、したり顔で言った。

「計画って？」

「いつもの偵察に行ったついでに、私が真白という青年の前に、すみれ様の財布を落としてきたのです。あなたがいっこうに好きな男を作らないので、こちらで目星をつけさせていただきました。恋のお相手は、この際あの青年でよろしいでしょう」

しれっとのたまう黎に、すみれは呆気(あっけ)にとられ、声を荒らげた。

「そ……そんなこと、勝手に決めないでください……！」

「こちらも目的があってのことです」

卓袱台(ちゃぶだい)の前に座った黎は、ずずっとお茶を啜(すす)った。

彼の正体は猫なので、湯呑(ゆの)みの中のお茶は、猫舌用にすっかりぬるくなったものだ。

「あなたの願いが成就(じょうじゅ)したとき、私は完全に、あの屏風(びょうぶ)の呪縛(じゅばく)から解き放たれると言ったでしょう？」

「そういえば……」

確かに初めて現れたとき、黎はそんなことを言っていた。

「あのカキツバタの屏風には、対(つい)になる屏風がもう半双(はんそう)あるのです」

黎の話は、今まで聞いたことのないものだった。

「あなたの願いが成就されると、一緒に閉じ込められた私の婚約者が、もう半双の屏風から出てこられるのです」

「婚約者――？」

黎にそんな相手がいたなんて、知らなかった。

これまで、どうして黎が自分を若返らせてくれたのか、突き詰めて考えたことはなかったけれど、そういう事情なら納得できる。

（だったら私は黎のためにも恋をして、早く婚約者さんの封印を解いたほうがいいのね）

だからと言って、真白と恋をしろというのは、やはり彼に申し訳なかった。

真白は人あたりが良くて優しくて、一緒にいると安心するし、どきどきもする。

けれど彼は、本当の自分より、四十歳以上も年下なのに――。

「しかしすみれ様はのろまで、恋に向いていないのかもしれませんね」

前途多難だ――とばかりに大きな溜め息をつかれて、すみれはつい言い返す。

「そんなの、どうしてわかるんですか」

「ほう？　ではこれまでに、誰かを好きになったことがあると？」

そう言われてすみれの脳裏（のうり）に浮かんだのは、遠い昔の出来事だ。

まだ一度目の高校生だった頃、図書館でときどき見かけた、名前も知らない他校の男子生徒。詰襟の制服が似合う、賢そうな人だった。

目が合っただけで飛び上がるくらいに嬉しいその彼から、ある日、すみれは手紙をもらった。次の日曜日に、映画を見に行かないかという誘いだった。

けれど結局、すみれは待ち合わせ場所に行かなかった。

男の子と二人きりで会うなんて恥ずかしかったし、うまく話せなくて嫌われたらと思うと怖かった。

なにより、家の手伝いをさぼって男の子とデートしたいだなんて、とてもじゃないけど父には言えなかったから――。

「では今回の誘いも、断ってしまうつもりですか？　四十三年たっても、あなたは臆病なままなのですね」

黎の言葉に、すみれは反論することができなかった。

(黎の言う通りだわ。せっかく彼のおかげで若返らせてもらって、高校にも通えるようになったのに……)

すみれの胸でふつふつと、熱い想いが高まっていく。

(私、今度こそ生まれ変わりたい……――！)

中間テストが終わった週の日曜日。

すみれは駅の改札前で、どきどきしながら真白を待っていた。

(服、千明(ちあき)にお願いして見立ててもらったけど……おかしくないかしら?)

ボーダーの長袖(ながそで)シャツにデニムのスカートを合わせ、足元にはスニーカー。

薄く化粧(けしょう)をしてみたのと、素足の膝を丸出しにしているのが、なんとも落ち着かない。

「あ……真白くん」

雑踏の向こうに、あたりを見回している男の子を見つけて、すみれは声をかけた。

「おはようございます」

「おはよう、如月さん」

たたっと駆け寄ってきた真白は、パーカーシャツの上にジャケットを合わせた、爽(さわ)やかな出(い)で立(た)ちだった。

「感じが違うから、一瞬わかんなかったよ」

「す、すみません。こんなひざ小僧を出して」

赤らむ頬(ほお)を押さえるすみれに、真白はにこっと笑った。

「可愛いね」

（か……可愛い？　今、可愛いって言ったの……!?）

そんなことを言ってくれる人は、すみれには母しかいなかった。

男の子から褒められたのは、本当に生まれて初めてだ。

二人で電車を乗り継ぎ、向かったのは、大きな遊園地だった。

真白にデートの返事をするとき、すみれが思い切ってお願いしたのだ。

『一度も行ったことがないので、私と遊園地に行ってくださいませんか?』――と。

（ここが、憧れの遊園地……！）

明るい音楽が流れ、ゲートの手前からでも、色鮮やかな遊具がたくさん見える。

休日らしく、人でにぎわうその様子は、見ているだけでもどきどきした。

「私、チケット買ってきますね！」

すみれはさっそくチケットの窓口に駆けていった。

「えっと……高校生、二枚ください」

「五千八百円になります」

窓口のお姉さんの声にかぶせるように、

「ちょっとちょっと！」

と真白が慌てて割り込んでくる。

「オレ払うよ、自分の！」

「いいですよ。遊園地には私が誘ったんですから、よそ様のご子息に出していただくわけには」

「なに言ってんの、如月さん。――別々に払います」

　かたくなに言い張った真白は、カウンターで自分の支払いをすませてしまった。

　すみれも仕方なく、チケットを買って後を追う。

　先を行く真白が足を止めて、ぼそっと呟いた。

「……金欠じゃなかったら、ほんとはオレが全部出したいとこなんだから」

「何故ですか？」

「そんなの――何かしてあげたいからでしょ」

　振り返った真白が恥ずかしそうに言った。

（そんな……真白くんのその気持ちだけで、私……）

　今まで誰かに何かしてもらうことなんてなかったから、思いがけない言葉に、のぼせあがってしまう。

　ゲートをくぐり、敷地の全貌を目にしたすみれは感嘆の声をあげた。

「わぁ、広い……！」

　ジェットコースターやメリーゴーランドくらいは知っているけれど、見たことのない乗り物もたくさんあって、「あれはなんていう乗り物ですか？」「これはどうやって遊ぶものですか？」と目移りしてしまう。

「ほんとに初めて来たんだね。じゃあ今日は、ここにある乗り物全部乗ろっか」

「いいんですか!?」

　――そんなわがままをきいてもらうのも、初めてだ。

　それからすみれは、信じられないほど刺激的なひとときを過ごした。

　ジェットコースターで心臓が口から飛び出そうな思いをし、コーヒーカップで目を回し、急流滑り（すべ）で全身ずぶ濡れになり――。

「さすがに、立て続けだときついかな？」

　ふらふらになって、ベンチで休んでいたすみれの目の前に、コーンに載ったアイスクリームが差し出された。

「はい。これくらいはおごらせて？」

「いえ、そんな……っ」

　慌てて財布を出そうとしたすみれだが、『何かしてあげたい』と言った真白の言葉を思い出し、ここは素直に甘えたほうがいいのかと考えなおす。

「……ありがとうございます。いただきます」

真白が買ってきてくれたのは、ストロベリーのアイスだった。

口をつけると、さっぱりとした甘みと冷たさに、生き返る心地になる。

「美味(おい)しいです、これ！」

「よかった」

すみれが喜ぶと、真白も本当に嬉しそうな顔をする。

そんなふうにされると、相手はずっと年下なのに、つい甘えてしまいたくなる。

それに、真白のことがもっともっと知りたくなって――。

「あの……真白くんは兄弟いるんですか？」

「え？」

真白は一瞬不思議そうな顔をしたけれど、答えてくれた。

「うん、兄がいるよ」

「好きな食べ物とかあるんですか？」

「茶碗蒸(ちゃわん)しとかオムレツとか、結構好きかな」

「好きな色はありますか？」

「そうだな……青かな」

「好きな映画は？　部活はテニス部ですよね？　いつからテニス始めたんですか？」

「えっと……ちょっと、多いな。質問」

矢継ぎ早に尋ねかけていたすみれは、はたと黙り込んだ。

（困らせちゃった？　家族のこととか、立ち入ったことを不躾だったかしら）

「ごめんなさい。いきなり質問攻めにして……」

男の子と話した経験が少なすぎて、会話のやりとりもうまくできない。

自己嫌悪しているすみれに、真白は柔らかく「ううん」と言った。

「オレのこと、知ろうとしてくれて嬉しいよ。ただ、ひとつひとつ丁寧に答えたいから
……だから、ゆっくり訊いて」

「――はい」

真白の優しい笑みに、胸の内側で温かなものが広がっていく。

こんなふうに自分を受け入れてくれる人がいることは、なんて幸せなんだろう。

「あ……そういえば、オレからもひとつ、訊きたいことがあるんだけど」

真白がぽりぽりと頬を掻いた。

「さっきからついてきてるあの人、如月さんの知り合い？」

「え？　——わぁぁあっ!?」

真白の目線の先を辿って、すみれは素っ頓狂な声をあげた。

一人で乗ったコーヒーカップを、ぐるんぐるんと高速回転させているのは、眼鏡をかけて帽子をかぶった黒ずくめの黎だったのだ。

（あれで変装してるつもりなの？　そんなのすぐにわかるから！）

すみれは慌てて真白に言った。

「ちょ、ちょっと待っててください、すみません！」

コーヒーカップが止まり、すたすたと歩き去っていく黎を、すみれは急いで追いかけた。

「黎！　黎っ！　こんなところで何してるんですか」

人目を避けて物陰に引きずっていくと、黎はぬけぬけと言った。

「これはこれは、すみれ様。奇遇ですね」

「私、今朝言いましたよね。今日は自分一人で頑張ってきますからって！」

いつも学校に偵察に来ているのは知っていたが、こんな場所にまでついてくるなんて。

「いえ……ただ、遊園地というところへ来てみたかったのですよ」

黎はふっとあたりへ目をやった。

家族連れやカップルが笑顔ではしゃいでいる光景を眺めながら、独りごちる。

「たくさんの人が幸せになれる場所だというので」

（あ……）

すみれはそれ以上、何も言えなくなった。

黎の気持ちは、自分と同じだった。

ずっと独り身で、青春を取りこぼした自分でも、遊園地に来れば幸せになれる気がしていたのだ。

いつでも飄々（ひょうひょう）とした、正体不明の黒猫だけど——黎も、人並みの幸せに憧れることがあるのだろうか？

「不快な思いをさせて申し訳ありません。すぐ帰ります」

くるりと背を向ける黎の腕を、すみれはとっさに摑（つか）んで引き止めた。

「一緒に行きましょう。真白くんには黎のこと、私の家族だって言いますから」

くるくる回るコーヒーカップに一人で乗っているのは、きっと寂しい。

遊園地という場所だからじゃなく、そこがどこであれ、大切な人と来るから、みんな幸せになれるのだ。

ぐいぐいと引っ張っていかれながら、黎は文句も言わずについてきた。

眼鏡をかけた奥の瞳は、相変わらず何を考えているのか読み取れない。

「遅くなってごめんなさい、真白くん」

黎と一緒にベンチのところまで戻ったすみれは、驚いて足を止めた。

「あれ？　如月さん、男の人連れてるーっ」

真白の隣に立って、小首を傾(かし)げてみせたのは、オフホワイトのニットワンピースを着た女の子だ。

「亜梨紗(ありさ)さん……？」

こんな場所で会うとは思っていなかったクラスメイトの名を、すみれは呆然(ぼうぜん)と呟(つぶや)いた。


「如月さん、その人だぁれー？」

どうしてここに――とすみれが問いかけるより先に、亜梨紗の質問が飛んだ。

「彼は……黎といって、私の親戚(しんせき)で、偶然一人で来ていたので……真白くんさえよければ、一緒に遊べないかと……」

そこまで言って真白を見ると、彼は黎に視線を釘づけにしていた。

その無表情からは、この流れを歓迎しているとも、不愉快に思っているともわからない。

「だったら私も仲間に入れてもらえないかなぁ？」

亜梨紗が顔の前で可愛らしく両手を合わせた。

「一緒に来てた子が急用で帰っちゃったんだ。ダメかな？　真白」

「……うん。いいよ」

いつもはきはきした真白にしては珍しく、言い淀むような間があった。

だが亜梨紗は気にしていないようで、「うれしー、やったー」と甘えた声をあげている。

「ねー、ここさ。すっごい有名なお化け屋敷あるの知ってる？　超怖いんだって！　せっかくだから行ってみようよ」

「あ……うん」

亜梨紗に手を引かれた真白は、こっちを振り返りつつ歩いていった。

（お化け屋敷なんて……そんな怖いのは、無理だわ）

びくつくすみれに、黎が呆れた目を向ける。

「追いかけないのですか？　ぼんやりしていると、なんの目的で来たのかわからなくなりますよ」

「そ、そうですよね。私、真白くんとデートのつもりでここに来たのに」

言いかけて、すみれははっとした。

そうだ。今日は真白とのデートなのに、自分は黎も一緒になんて言いだして――矛盾したことをしてしまった。

小走りでお化け屋敷に辿り着くと、亜梨紗はすでに真白と腕を組んで、中に入っていくところだった。

寄り添った二人の背中に、胸にちくりと棘が刺さったような痛みが走った。

（亜梨紗さん、真白くんのこと好きなのかしら――）

「さぁ、とっとと追いかけますよ」

不気味な暗がりの中へ、黎はためらいなく歩いていこうとする。

「ちょ、ちょっと、そんなに早く歩かないでください」

すみれはおっかなびっくり、お化け屋敷に足を踏み入れた。

しかし、案の定――。

「いやぁぁぁ、ようかいーっ！」

突然飛び出してくる河童や幽霊の人形が、怖くて怖くて一歩も動けなくなってしまう。

「こんな作り物の何が怖いのですか」

「それでも無理です！　目をつぶっているから出口まで連れてってください、お願い！」

黎のジャケットの背中をぎゅっと摑んで、すみれは懇願した。

黎がふうっと、苦笑混じりの溜め息をつく。

「——あなたが必死で摑まっているほうが、よっぽど本物ですよ」


一方、その頃。

「あー、超怖かったぁー」

お化け屋敷から出てきた亜梨紗は、腕を組んだまま真白に身をすり寄せた。

真白は困惑した目で彼女を見つめ、その腕をそっと振り解く。

「ごめん、幸坂。オレ今日は、如月さんとデートのつもりで来たんだよね。だから、腕組んだりはちょっと——」

一瞬、亜梨紗は露骨にむっとしかけた。

本当は亜梨紗も今日は、別の男の子たちと遊びにきていたのだ。

だが途中で真白を見つけ、『友達が帰った』と嘘をついて合流した。

なのに、まさか彼の相手が、あの目ざわりな如月すみれだったなんて——。

「そっかー、ごめんね」

外面の良さと猫かぶりは、亜梨紗のお手のものだった。

「でも、だったらひどいね、如月さん。あんなふうに、親戚の人なんて連れてきて……如月さんのほうは、そんなに大切なデートだなんて思ってなかったんじゃないかなぁ？」

無邪気を装った亜梨紗の指摘に、真白が表情を強張(こわば)らせたとき。

「おっ……お待たせしてすみません……」

よっぽど怖かったのか、青ざめてへろへろになったすみれと黎が追いついた。

「ねぇ、そろそろお腹空(す)かない？」

何気ない様子を装いながら、亜梨紗は強い決意を込めてすみれを睨(にら)んだ。

（こんなダサくて地味な子になんか、真白は絶対渡さないから！）


フードコートでホットドッグや焼きそばを買って、四人は外のテーブルに座った。

「真白、それ何飲んでるの？」

「コーラだよ」

「あ、いいなー。ちょっともらってもいい？」

真白の返事を待たず、紙コップを手に取った亜梨紗が、ストローをちゅっとくわえる。

親しげなその様子に、すみれの鼓動は乱れた。

（……何かしら、この感じ。これまで学校で真白くんが女の子と喋(しゃべ)ってても、こんな嫌な気持ちにはならなかったのに……）

「そういえば、すみれ様。朝早くからお弁当を作っていたのに、それはどうしたのですか？」

「え？」

真白が、すみれの手元のバッグに目をやった。

確かにその中には、真白と食べようと思っていた弁当が入っていたが。

「い、いいんです。ほらもう、注文しちゃったし」

「何を遠慮（えんりょ）しているのです。出せばいいではないですか」

黎の鋭い眼光に、すみれは逆らえず弁当箱を取り出した。

「すみません。好きなものが入っているかわからないんですけど……」

たわら型のおにぎりに、きんぴらごぼう。インゲンとニンジンの肉巻きに、レンコンの素揚げ。あとは茹（ゆ）でたアスパラと、水気を切った肉じゃがだ。

卵料理が好きな真白のために、卵焼きを入れればよかったと、後悔する。

（そうでなくても、若い人向けにハンバーグとか……）

「すごい、うまそう！」

いじいじとうつむいていたすみれは、真白の声に顔を上げた。

「これ、オレの分？　食べていいの？　わぁ、全部うまそう……！」

真白が意気揚々と箸を手に取った横から、

「いいなー、ちょっとちょうだい」

ひょいっと弁当箱を取り上げた亜梨紗が、手で摘んだおかずをばくばくと平らげていく。

「すごーい。如月さんって、料理上手なんだねー」

「――ずいぶんお腹が空いていたんですね、このお嬢さんは」

「あはは、そうなんです、ごめんなさい～」

黎の厭味にも、亜梨紗はけろっとしたものだった。

結局、真白が一口も食べられないまま、弁当箱はあっという間に空になってしまった。


食事を終えると、亜梨紗は化粧を直してくると言って席を立った。

だが、しばらく待っても彼女は戻ってこない。

食べ過ぎて具合を悪くしているのではないかと心配になったすみれは、トイレに入って、洗面台の前にいる亜梨紗を見つけた。

「大丈夫ですか？　私、常備薬で胃薬持ってるんで、よかったら……」

「――なんなの」

タイル張りの空間に、亜梨紗の低い声が響く。

「急に出てきて、真白と仲良くなって……言っとくけど私、一年のときから真白のこと好きだったんだから！」

亜梨紗はきっとすみれを睨みつけた。

これまでに学校では見せたことのないような、悪意に満ちた表情だった。

「私、あんたみたいな女、大っ嫌い。がっついてませんみたいな大人しいふりして、弁当で男の気引いたりする、したたかな女！」

溢(あふ)れ出る敵意をぶつけられ、すみれは圧倒されそうになる。

だが、ここで負けっぱなしでいては、自分はいつまでも変われない。

「私も……」

すみれはぎゅっと拳(こぶし)を握り締め、勇気を振り絞(しぼ)った。

「私も、男の人の前と女の人の前で態度が違う人、嫌いです……！」

口にした言葉の強さに怯(ひる)みそうになるが、すみれは視線を外さず、亜梨紗と睨み合った。

突然、亜梨紗が水道をひねり、水をすくうとすみれの顔に向かってひっかけた。

「きゃっ……！」

まさかそんなことをされるとは思わず、ハンカチを引っ張り出す間に、亜梨紗はトイレを出て行ってしまう。

濡れた顔を拭きながら、すみれは自分の行動を振り返った。

（私、人に面と向かって嫌いだなんて言ったの、初めてだわ――）

亜梨紗が真白に馴れ馴れしくするたび感じた、もやっとした重たい気持ち。

彼女と真白が腕を組む姿なんて見たくなかった。

同じストローでジュースを飲んだりしてほしくなかった。

まぎれもない嫉妬と独占欲が、今もすみれの胸を焦がしている。

フードコートまで戻ると、そこには黎が一人で座っていた。

「黎！　真白くんと亜梨紗さんはどこへ行ったんですか？」

「あのお嬢さんが観覧車とやらに乗りたいと言って、連れていきましたよ」

それを聞いたすみれは、踵を返し、駆けだした。

（……ずっと思い描いてた恋は、綿あめみたいに甘くて、優しいものだと思ってた）

だけど、違った。

恋をするからこそ、誰かを本気で嫌いになったり、焼きもちを焼いたり。

それでも、どうしても譲れない、大切なものに手を伸ばしたいから――。

「ねぇ、真白。お願い、一緒に乗って」

観覧車の前で、亜梨紗が真白の腕にぶらさがっておねだりしている。

「私がっ……！」

駆けつけたすみれは、勢いのまま、亜梨紗の肩を突き飛ばした。

よろめく亜梨紗が、鬼のような形相になるのが見えた。だけど。

「私が真白くんと観覧車に乗ります！」

「如月さん……」

大声で叫んだすみれの手を、真白が握る。

「ごめん、幸坂！」

それだけ言った真白は、観覧車の乗り場に向かってすみれを引っ張っていった。

初めて繋いだ彼の手は、すみれのそれよりずっと大きくて、ごつごつしていた。


二人で乗った観覧車の中には、重苦しい沈黙が満ちていた。

真白の向かいに座ったすみれは、顔を上げられず、自分の膝ばかり見つめていた。

「驚いた。……如月さんにあんな激しいところがあるなんて」

真白の言う通りだった。

（自分でも信じられない……亜梨紗さんを突き飛ばしちゃうなんて……）

きっと幻滅されていると思うと、彼がどんな顔をしているのか確かめられない。

「ごめんなさい……亜梨紗さんにはあとで謝ります」

それからまた、しばらく沈黙が続いて――。

「「あの」」

二人の声が、同時に重なった。

「いいよ、何？」

真白に促（うなが）され、すみれはずっと言おうと思っていたことを伝えた。

「ごめんなさい。黎を途中で呼んで。今日は二人だけのつもりだったのに」

「ううん。オレのほうこそ、黎さんのこと気にして」

真白は気まずそうに続けた。

「なんか、かっこいい人だったからさ……ちょっと焼きもち焼いた。ごめん」

「真白くん……」

まさか真白も、自分と同じような気持ちでいたなんて。

すみれは真白に対して、できるだけ正直になりたいと思った。

もちろん黎の正体が化猫だとまでは言えないけれど。

「黎は遠い親戚で、今は一緒に暮らしているんですけど……そんな心配いらないですから」

「一緒に？　お父さんやお母さんとも？」

「え……と、両親はいないんです。二人とももう亡くなったので」

すみれの答えに、真白は虚をつかれたような顔をした。

「そっか……余計なこと訊いてごめん」

「いえ、そんな。いいんですよ」

「オレでよかったら、できることがあったら言って――っても……」

真白はひとつひとつ、言葉を選ぶようにゆっくり話した。

「オレ、普通にっていうか……特に苦労なんてなく、今まで生きてきたから。如月さんの気持ち、想像することしかできないんだけど……なんていうか、オレが言うなよって感じかもしれないけど」

真白がまっすぐにすみれを見つめた。

「――頑張ったんだね」

その言葉は、すみれの胸の奥に、すっと自然に染み入った。

「今も頑張ってるよね。だから、如月さんが安心して泣ける、そんな存在にオレはなりたくて……」

言葉を切った真白が、深く頭を下げた。

「大事にするんで、付き合ってください」

一瞬、都合のいい幻聴を聞いたのかと思った。

けれど顔を上げた真白は、真摯な表情ですみれの答えを待っている。

「――私で、いいんですか……」

すみれの目の奥が熱くなり、声が震えた。

「はい」と真白がはっきり頷いた瞬間、感情が堰を切って溢れた。

ぽろぽろと頬を伝う涙に、真白が驚いて立ちあがり、すみれの隣に腰を下ろす。

最初は遠慮がちに、やがて強く回された腕の中は、とても温かくて安心できた。

(六十年、縁のないことだって、ずっと諦めてた――……)

だけどもうごまかせない。

真白が好きだ。

誰よりも好きだ。

夕暮れの空を横切っていく観覧車の中で、すみれは声をあげて泣いた。

(――私が、恋をする日がくるなんて)

5

真白(ましろ)との正式な交際が始まって、すみれの毎日はどんどん輝きを増していった。

すみれがまず挑戦したのは、携帯電話を買うことだった。

真白ともっと気軽に連絡を取りたくて、メールの使い方を一生懸命勉強した。

慣れない操作は簡単ではなかったけれど、いくつになっても新しいことを学べるのはわくわくする。

彼と付き合い始めたことは、千明(ちあき)にだけこっそり打ち明けた。

『マジでー？　よかったじゃん！』

話を聞いた千明は、自分のことのように喜んでくれた。

告白の様子を根掘(ねほ)り葉掘(はほ)り尋ねられ、照れながらも打ち明けると、

『真白ってば、そんな男らしいこと言うの？　普段は人懐っこいのに、そういうときは男出してくるんだー』

とくすくす笑う。

そんなふうに友達と恋の話ができることも、胸が弾んで仕方なかった。

携帯電話のカメラで、真白が一緒に撮ってくれた写真。

放課後のバス停で暗くなるまで、とりとめもないおしゃべりをすること。

付き合いだした記念に、彼の好きな青色のペンケースを手作りして渡したとき、

『ありがとう！　すげぇ、かっこいい！』

と喜んでくれた真白の満面の笑顔。

恋をすると、毎日のように宝物が増えていく。

若返ってからたった二ヶ月の間に、すみれはこれまでの人生を取り戻すかのように、きらめく青春を楽しんでいた。

（こんな生活が送れるのも、何もかも黎のおかげだわ）

初めは恐ろしい化猫だと思ったけれど、外から帰ったとき、「おかえりなさい」と迎えてくれる誰かがいるのはいいものだ。

母を亡くし、天涯孤独になったすみれにとって、黎は今や、かけがえのない家族のような存在になっていた。

「黎。コーヒー入れたんですけど、飲みませんか？」

ある日の夕食後。

縁側に座って、青い月を見上げている黎のもとに、すみれはコーヒーを運んでいった。

外に出るときは現代風の格好をしている黎だが、家にいるときはやはり、和服でいることがほとんどだ。

夜の空気はもうだいぶ冷たくて、二人の吐く息が白く漂う。

少し距離を開けて座ったすみれは、マグカップで掌を温めてから、おもむろに切り出した。

「黎。私に何か、できることはないの？」

「は？」

「私の願いが成就するのをただ待つんじゃなくて。もっと早く、あなたが婚約者に会える手だてはないんですか？」

それはここ最近、すみれがずっと考えていたことだった。

真白と過ごす毎日は楽しいけれど、自分だけが幸せなのは、なんだか後ろめたい。

甘党の黎は、いくつもの角砂糖をコーヒーに放り込みながら、素っ気なく言った。

「……あなたは、そんなことを気にしなくて良いのですよ」

淡々とした口調はいつも通りだけれど、今日に限ってはその態度がもどかしくなる。

「じゃあ私がどうなれば、あなたの婚約者は屏風から出てこられるの？」

問いかけて、じっと見つめると、黎はしばしの間を置いてから口を開いた。

「──『鍵』となっている言葉があります」

「『鍵』……？」

「あなたが最も幸せな瞬間に言う『ある言葉』が、『鍵』です」

「それは、なんて言葉ですか？」

「私からは決して教えられないことになっています」

「そんな……」

すみれは考え込んだ。

最も幸せなときに言う言葉とは、なんだろう──『幸せだな』？　『最高です』？

（その言葉を私が言うまで、黎は婚約者に会えないなんて）

「ですからあなたは、ご自分の幸せだけを追い求めていただければいいのです」

黎はそう言ったが、それではいつになるかわからない。

「黎の婚約者って、どんな方なんですか？」

せめてそれくらい教えてくれてもと思ったが、

「さて、冷えてきたので中に入りますか」

黎は立ちあがり、すっと家の中に戻ってしまった。

はぐらかされたすみれは、釈然としない気持ちになる。

（よく考えると私、黎のことをほとんど知らないんだわ——……）


黎とそんな話をしてから、数日後。

「すみれ。よかったらこれ、私が焼いたんだけど」

始業前の教室で、千明が可愛くラッピングされたクッキーを手渡してくれた。

「すみれに食べてもらいたくて。実はお菓子は少し得意なんだ」

「千明……ありがとう」

自分のために、千明がわざわざ作ってくれたのかと思うと、胸がじーんとした。

「『私は世界一の幸せ者！』」

クッキーを掲げ、声高らかに叫ぶすみれに、千明が目をぱちくりさせる。

「ねぇ、すみれ。このあいだから、いつにも増して大げさなの、なんで？」

「いや、あの……嬉しいときは、毎回口に出して言ってみようと思って」

それはもちろん、黎と婚約者を早く会わせてあげたいからだ。

「ちなみに、最も幸せな瞬間に言う言葉って、千明はなんだと思います？」

「うーん……私だったら、『ずっとこのままでいたい』かな」

出し抜けの質問にも、千明は律儀に答えてくれた。

「なるほど……『ずっとこのままでいたい』！」

試してみたが何も起こらず、しーんとした沈黙が千明との間に横たわる。

すごすごと席についたすみれは、なおも一人で考え続けた。

（私は、最も幸せな瞬間、なんて思うんだろう……）

「おはよ。どうしたの、考え事？」

「わっ」

うつむくすみれを下から見上げるように、真白が机の前にしゃがみこんでいる。

いきなり端整な顔を近づけられて、すみれの胸はどきどきと騒いだ。

（私の一番幸せなときは、真白くんといるとき――……）

そう考えるだけで、また赤面症がおさまらなくなる。

そんなすみれに、真白は「あのさ」と話しかけた。

「実は昨日、うちの犬が子供を産んだんだ」

「えっ、仔犬が産まれたんですか!?」

「うん。それで里親を探してるんだけど、如月さん、心当たりない？」

「すぐには思いつかないけど、いろんな人に聞いてみます。うちは猫のじゅりちゃんがいるから、駄目だけど……いいなぁ、仔犬。可愛いですか？」

「如月さん、犬も好きなの？」

「犬も猫も大好きですよ！」

前のめりになるすみれに、真白は「そっか」と笑った。

「じゃあ、うちに仔犬見に来る？」

「いいんですか!?」

軽率に答えてしまってから、すみれは「あ」と固まった。

「ま……真白くんの、お宅に、ですか……？」

「そんな気をつかわなくていいよ。気軽に来て？　日曜なら、多分親いないし」

気軽に——とは言われても、しかし。

（ご両親がいないところに伺うのは、やっぱりどうなのかしら……）

日曜日。

例によって着る服に悩んだ挙句、ハイネックのワンピースにショートブーツとトレンチコートを合わせたすみれは、真白の自宅に向かっていた。

真白と付き合ってから、たくさんの「初めて」を経験したけれど、「休みの日に、男の子の家に遊びにいく」というのは、またハードルの高いミッションだ。

「如月さん！　わかりにくくなかった、道？」

教えてもらった住所を頼りに辿り着くと、門の前で真白が待っていてくれた。

「本日はお招きいただいて、ありがとうございます。あの……これ、おはぎなんですけど、お口に合うかどうか……」

「手土産なんてよかったのに」

手作りのおはぎが入った紙袋を、真白は笑って受け取ってくれた。

「じゃあまず、犬見に行こうか」

「は、はい」

開かれた門に足を踏み入れて、そこで初めて、すみれは真白家をちゃんと見た。

（す、すごいお宅……！）

敷地だけでも、如月家の軽く五、六倍はある。

庭には手入れの行き届いた松が植えられ、母屋のほかに離れまである、本格的な日本家屋だ。

まるで政治家のお家みたい――と考えたすみれは、真白の父親が、本当に市会議員だったことを思いだす。

いつも気さくだからつい忘れていたが、真白は由緒正しい御曹司なのだ。

（もっと高価な手土産を用意すればよかったわ）

恐縮しながら広い庭を抜けていくと、煉瓦壁の大きな蔵が見えてきた。

「ここにいるんだ、仔犬」

「え？　こんなところに？」

「そうなんだ。普段はこんなとこ近づかないのに、母犬がここで産んで、動かそうとしても嫌がるんだよ」

「そうなんですか？　不思議ですね」

人に馴れた飼い犬なら、飼い主の近くでお産をしたほうが安心だと思うのだけど――。

そんなことを思ううちにも、真白は蔵の扉を開けて、薄暗い空間にすみれを手招く。

「如月さん、こっち。犬がびっくりするから、静かにね」

「はい」

足音を殺して真白の隣にしゃがみこむと、毛布を敷いた床に、大きなゴールデンレトリバーが横たわっていた。

「アンディ。ちょっとだけ仔犬見せて」

クゥン、と鼻を鳴らした母犬が、体をずらすと――。

(うわぁあ、小さい……目もまだ開いてないわ……！)

むくむくした四匹の仔犬が、母犬のお腹にくっついて、すぅすぅと寝息を立てていた。

「今は持ち直したけど……難産で、母犬も体力なくなって危なかったんだ」

「そうなの!?」

顔を曇らせる真白を見ると、きっと本当に危険な状態だったのだろう。

それでも仔犬はちゃんと生きていて、今は母犬に甘えて幸せそうに眠っている。

互いに寄り添い、ころんと寝返りを打つその姿を眺めていると、すみれの口元がほころび、自然と言葉が滑り出た。

「無事に生まれてきてよかった――」

その瞬間。

カッ――！　と蔵の奥から、稲妻(いなずま)のような光が走った。

続いて、ガタガタと何かの物音がして、二人は顔を見合わせた。

「なんの音ですか？」

「！　奥の屏風が――……」

立ちあがった真白が表情を引き締め、すみれを庇うように前に出る。

「屏風？」

馴染みのある言葉に、はっとしたすみれの視線の先には、畳んだ屏風が立てかけられていた。すみれの家にあるものと、同じような古さと大きさだ。

その屏風が、誰も触れていないのに、ゆっくりと開いていく。

その隙間から、髪を束ねた着物姿の女性が這い出て、ゆらりと身を起こした。

雪のように白い肌。

ぽってりとした真紅の唇。

艶めかしい瞳の下に、ぽつりと浮かんだ黒い泣きぼくろ。

初めて会うはずだけれど、この人間離れした雰囲気を、すみれはよく知っていた。

（まさか、この人――……）

「誰ですか!?　ここで一体何を？」

いきなり現れた不審な女性を、真白が険しく問い詰める。

すみれは彼の腕を引き、慌てて訊いた。

「ま、待って真白くん。あの屛風って、どんな柄でしたか？」

「確か、真っ白い猫の絵の……」

（猫？　じゃあ、やっぱり！）

この人が黎の婚約者だ――とすみれは直感した。

（封印が解けたんだわ。でも、一体どうして……）

問題の女性は、ふわぁぁ……とあくびをし、すみれたちをじっと見つめた。

この状況をなんとも思っていないような、堂々とした佇まいだ。

「出て行ってください」

真白が女性に歩み寄り、強く言った途端だった。

女性がふっと妖艶な笑みを浮かべ、真白の目を覗き込む。

彼女の瞳が金色に染まったと思った瞬間、真白は糸が切れた操り人形のように、その場にどさっと倒れ込んだ。

「ま、真白くん！　真白くん、大丈夫ですか!?」

真白に取りすがるすみれに、女性は鼻を近づけ、くんくんと匂いを嗅いだ。

「ああ……やっぱりあんたから、黎の匂いがするわ」

女性の声には、京都の言葉に似たアクセントがあった。

耳にしているだけで催眠術にかけられるような、不思議な響きだ。

「真白くんに何をしたんですか？」

「寝てるだけや」

警戒するすみれに、女性はふんと笑う。

「はよ、黎のとこつれてって」

「……わかりました」

真白を置き去りにするのは気が引けたが、やっと婚約者の封印が解けたのなら、少しでも早く黎に会わせるべきだ。

（ごめんね、真白くん……）

屏風の呪いのことも、黎とこの女性のことも、彼には説明できない。

気絶した真白に、すみれは自分の脱いだコートをそっとかけた。

「あなたの名前は？」

蔵を出たところで、黎の婚約者に向かって、すみれは改めて尋ねた。

久しぶりの日差しに眩しそうに目を細め、彼女は答えた。

「──雪白」と。

『人目につかないほうがいいでしょうから』

すみれと名乗った人間の娘がそう言うので、雪白は「タクシー」という乗りものに乗って、黎がいる場所に向かった。

彼と顔を合わせるのは、一体、どれくらいぶりだろう。

やがてタクシーが停まったのは、小さな民家の前だった。

車から降りた雪白とすみれを出迎えるように、一人の青年が立っていた。

「おかえりなさい、すみれ様。雪白をつれてきていただき、ありがとうございます」

「どうして、黎……」

「気配でわかりました」

(——なんで、そんな小娘に丁寧(ていねい)に喋(しゃべ)るん)

訝(いぶか)しむ雪白に、黎は淡々と言った。

「雪白、挨拶(あいさつ)をしろ。こちらは私の主(あるじ)のすみれ様だ」

雪白はかちんときた。

久しぶりに会えた婚約者に嬉しそうな顔をしない上、こんな人間ごときを「主」と呼んで敬うなんて、黎はどういうつもりなのか。

「つ、積もる話もあるでしょうから、どうぞ中に」

二人の間に流れる不穏な空気を察したのか、すみれが慌てて取りなした。

そうして、黎の部屋だという和室に上がり込むことになったのだが――。

「……どういうことだ？」

「それはこっちが訊きたいわ」

二人きりで向かい合っても、険悪なムードは続いていた。

「あんな人間に媚びてどないすんの？　こんな、人間が書いた書物まで読みあさって」

部屋中に積まれた本を眺め、雪白は呆れて眉をそびやかした。

「昔とは違う。人と共存せねば、今の時代では生きていけないのだ」

「――びっくりした。あんた、ほんまに私の知ってる黎か？　数百年の間に変わってしまったん？　よく顔を見せて……」

雪白は黎の頬に手を伸ばし、誘うように触れた。

指先でつうっと顎までの線をなぞり、顔を寄せて蠱惑的に囁く。

「ああ……間違いないな。キレイな顔や」

そんな雪白の誘惑を、黎は冷ややかに撥ねつけた。

「答えろ、雪白。まだ封印は解けるはずではない。おまえ、何かはかりごとをしたな？」

「なんや、そんなこと」

雪白は、はっと鼻を鳴らした。

「あの真白って若僧から、かすかに黎の匂いがしたからな。あの家の犬を、私のそばで、仔を産むように仕向けてん」

屏風に封じられていても、人ならざる存在の雪白には、それくらいたやすいことだった。

「そしたらまんまとあのすみれって女がやってきて、仔犬見て『生まれてきてよかった』——って、『鍵』の言葉を言うて、封印が解けてん。めでたしめでたしやろ？」

あははは、と笑う雪白を、黎は表情を変えず見つめていた。

そこに食欲をそそる、おいしそうな匂いが流れてくる。

「なんか、ええ匂いすんな！」

「待て、雪白」

黎の制止も聞かず、雪白は荒ぶる食欲のままに、台所へ飛んでいった。

「わ！　なんやこれ！」

「ありあわせのもので作ったんですけど……」

サバの煮つけに、オクラとしめじの和え物。コロッケと生野菜のサラダ。

すみれが用意した夕食に、雪白はきらきらと目を輝かせた。

「あと、薄着で寒そうだったので、よければこの半纏も」

「なんやあんた、人間のくせに気ぃきくな！」

ふかふかの綿入れ半纏をさっそく羽織って、雪白はご満悦だ。

そうしてテーブルに着くなり、ばっくばっくもっしゃもっしゃと、片っ端から料理を平らげていく。

「まぁ、味はなかなかやな。……おかわりっ！」

「あ……は、はい……」

食欲の権化と化す雪白に、すみれは目を丸くした。

(雪白さんって、なんだかイメージと違うわ……)

黎の婚約者なら、もっと儚い感じの女性かと、勝手に想像していたのだが。

「雪白、少しは遠慮しろ」

黎が遅れてやってきて、雪白の隣に座った。

「何言うてんの。食べられるときに食べとかな」

雪白はふふんといたずらっぽく笑い、彼の肩にしなだれかかる。

「私が食べさせたろか？　口移しがええか？」

黎の耳に唇を押しつけんばかりに囁く様子に、すみれのほうが赤くなってしまった。

（そ、そうよね。婚約者だものね。結婚を前提にお付き合いしてるんだから）

「私のことはおかまいなく……」

黎は相変わらずの鉄面皮だが、自分が邪魔者に思えて、いたたまれなくなってしまう。

ちょうどそこに、ピンポーンとインターホンが鳴った。

「あっ……はーい！」

場を離れる口実ができたことにほっとして、すみれはそそくさと玄関に向かった。


「おかまいなしにって、すみれが言うとったのに……」

家の裏にある山道を、雪白はぶつぶつ言いながら登っていた。

すみれが場を外したあと、『話がある』と黎に連れ出されたのだ。

「久しぶりに会うた婚約者と、いちゃいちゃしとうならんの？」

「いまだかつて、おまえとそのようなことをしたことがないのだが」

「んもう、いけずやなぁ！　口づけのひとつもしたらどうなん」

唇を尖らせると、先を行く黎が足を止め、振り返った。

「雪白」

凜とした、真剣な声だった。

「解放感に浸っているようだが、私たちの呪縛が解けたわけではない」

「なんでやの？　現に私、こうして屏風から出られたやないの」

「…………」

黎は無言で着物の衿をはだけ、素肌の一部をさらした。

その光景に、雪白は愕然として言葉を失う。

黎の肩は輪郭が揺らぎ、黒い粒子のようなものが、内側からさらさらと零れ出ていた。

「――おまえが無理やり封印をこじあけた反動で、人化の術が保てなくなった」

「べっ……別にいいやんか。それで猫の姿に戻っても、それが本来の姿やろ」

「そういう問題ではない。これは屏風の呪いなのだ。本来、一人の人間の乙女を、『生まれてきてよかった』と心の底から思わせなければならなかった」

それを雪白が、ずるい手を使って阻んだのだ。

「おそらくこの報いは、雪白、おまえにもあるはず」

「そんなもん、多少出たってかまへんわ！　せっかく自由になったのに」

雪白は強気に言い張った。

人化の術を保てないことで、黎にどんな不利益があるのか――と考えたところで、はっとひらめく。

「もしかして、あんた……あのすみれって女に、特別な思い入れがあんのか？」

黎は黙って、何も言わなかった。

その沈黙が答えのような気がして、雪白の苛立ちが募っていく。

「私は人間にかしずくのは嫌や！」

雪白は叫び、暗い山道をだっと駆けだした。

息が切れるまでがむしゃらに走っても、黎は追いかけてはこなかった。


「じゃ、このナイターの券とお米もつけるから。半年でいいから、うちの新聞とってよ」

「あの、いえ、結構です……もう他のをとってますから」

インターホンを鳴らしたのは、新聞の勧誘員だった。

どれだけ断っても帰ってくれず、しつこい勧誘に、すみれは押し負かされそうになる。

「じゃあ、連絡先教えてくれない？　君可愛いから、今度さ……」

「新聞はいりません！」

叫んだのは、すみれではなかった。

息を切らして走ってきたのは、なんと真白で、きつい目で睨まれた勧誘員は、すごすごと逃げ帰っていく。

住所を教えてはいたけれど、彼がこの家に来るのは初めてで、すみれは目を丸くした。

「真白くん……どこか、痛いところはないですか？」

あれから真白がどうなったか心配で、真っ先に尋ねると。

「ごめんっ！」

真白は大声で謝った。

「ごめん、オレ寝ちゃって。遊びに来てって誘っといて、蔵で寝るとかありえない。ほんとにごめん……！」

必死に詫びる真白の記憶からは、どうやら雪白の存在が消えているようだった。

「そんな……私のほうこそ、ちょっと用事があったから、真白くんを置いて帰っちゃって……」

話を合わせようとしたすみれに、真白ははぁーっと深い息をついた。

「よかった——呆れて帰ったのかと思った」

深刻な表情から一転、安心したように微笑む真白に、すみれの胸が締めつけられる。

ほっとした彼の顔が愛おしいのと、それから——。

「これ、ありがとう」

真白が、小脇に抱えていたすみれのコートを差し出した。

受け取ろうとした瞬間、彼はいきなり、すみれの背に腕を回して抱き寄せる。

「ま……真白君？」

「——ちょっと、充電」

すみれの頭のてっぺんに顎をのせて、真白が囁いた。

どきん、どきん——と絶対に伝わってしまいそうな勢いで、心臓がうるさく騒いでいる。

「でもなんで、オレ急に眠くなったんだろう。何かあったのかな……？」

「っ……何も、なかったですよ……」

——すみれは、嘘をついた。

真白にこのまま、ずっと抱きしめていていてほしくて。

黎たちの正体を明かして、自分が本当は六十歳だということを彼に知られたくなくて。

好きな人を騙す罪悪感は息ができないくらいに苦しくて、真白の顔を見られずに、すみれはぎゅっと目を閉じた。


　せめてお茶でも飲んでいってほしいと言ったすみれに、

『もう遅いから』

と遠慮して、真白は帰っていった。

すみれが台所に戻ると、黎が一人で食器を片づけているところだった。

「雪白さんはどうしたんですか？」

「出ていきました。喧嘩をしたので」

「え!?」

「腹が減れば、また帰ってくるでしょう」

「そんな、猫じゃないんだから……！」

言いかけたすみれは、雪白も黎も、その正体は猫だったことを思い出した。

「黎。話があるんですけど――……」

片づけはあとにして、二人は縁側に場所を移した。

この間の夜のように、並んで座りながら、すみれは切り出す。

「雪白さんが出てきて、これで黎は屏風の呪いから解き放たれたんですよね。これから、どこへ行くんですか？　帰る家はあるんですか？」

「………………」

「よかったら、雪白さんと一緒に、たまにはこの家へ遊びにきてもらえませんか？」

たった数ヶ月とはいえ、寝食をともにした黎がいなくなってしまうのは寂しい気がして、すみれはそう言った。

クールな黎のことだから、断られるかもしれないと思っていた。

だが。

「私はどこへも行きませんよ」

「……え？」

「私は、まだあなたを、本当に幸せにはしていない」

黎の答えは、予想外のものだった。

「『鍵（かぎ）』となる言葉は、『生まれてきてよかった』でした」

「あっ……確かに私、言いました。仔犬を見て……」

「違うのです」

黎の眉間（みけん）に皺（しわ）が寄った。

「そんな上辺の言葉ではなく、あなたが心の底から、この世に生を受けて良かったと思わなければ――そうでなければ、意味がない！」

（黎……？）

強く叩きつけられた言葉に、すみれは面食らった。

こんなふうに感情を露わにする黎を、一緒に暮らしてから初めて見た。

「……私はいかさまが嫌いなのですよ」

激昂してしまったことを悔いるように、黎の声が平坦なものに戻る。

「私がいてご迷惑なら、よそに住まいを構えますが……」

「そんな、迷惑なんてことは！　いてくれていいんですよ。もちろん雪白さんも」

「では今しばらく、ここに住まわせてもらうことにします」

すみれから目をそらし、黎は夜空を見上げた。

「――あなたの本当の幸せを見届けるまで」

6

「♪ふふふんふ～ん、ふふふんふ～ん」

十一月中旬の土曜日。時刻は朝の五時。

すみれは台所で一人、気分よく歌いながら戸棚をあさっていた。

「♪るらら～らららるらら～、ららら～るるらら～」

サビにあたる部分を高らかに歌い上げ、くるんっ！　とターンを決めた瞬間。

「音痴ですね」

「わーっ、黎っ！」

突然立ちふさがった黎に驚き、台所の床に尻餅をつきそうになった。

「こんな早朝から、どこからともなく不安定な鳴き声がするので、何か珍妙な動物でもまぎれこんだのかと……」

「すみませんね、音痴で！」

すみれはぷんぷんしながら、今日のための準備を続けた。

買い置きの砂糖と、たっぷり二キロ分の切り餅をエコバッグに詰めて、メモを取ったレシピを確認する。

「なんの支度ですか？」

「言ったじゃないですか。今日は、高校の文化祭なんですよ！」

すみれは声を弾ませた。

そう。今日は待ちに待った、念願の文化祭なのだ。

四十年以上前の高校生だったとき、一年目はおたふく風邪で休み、二年目は文化祭の前に学校をやめなければいけなくなったから、これが本当に人生初の文化祭だ。

一ヶ月ほど前から、学校全体が祭りの気配に浮き足立っていて、立て看板を塗るペンキの匂いも、劇の稽古に励む演劇部員たちの発声練習も、すみれをわくわくさせた。

「うちのクラスは和風カフェをやるんですよ。ぜんざいを作るんです。よかったら黎も、雪白さんと食べにきてください」

甘党の黎なら、きっとぜんざいも好きだろうと思ったのだが。

「……そんな、とんでもない」

黎の反応は、何故かはかばかしくなかった。

「じゃあ今日は遅くなるんで、夕飯は適当に食べててください」

「わかりました」

いつものように見送ってくれる黎に手を振って、すみれはバス停までの道を、弾む足取りで駆けていった。


すみれの姿が遠くなり、見えなくなってから――。

「そこにいるのだろう。……雪白」

黎が声をかけると、裏庭の方角から、ガサリと草を踏む音がした。

「ふふ。目ざといなぁ」

「その格好はどうした」

現れた雪白は、ウェーブのかかった髪を背に流し、体のラインにフィットした、赤いジャケットとスカートを身に着けていた。

「こんなん、私の術で人間だまくらかしたら、いくらでも手に入るわ。それよりあの女、こんな夜も明けんうちからどこ行ったん？」

「高校だ。今日は大切な行事があるのだ」

「こうこう？　ふぅん……そういえばあの女の願い事ってなんやったん？」

とっくに見えなくなったすみれの姿を追うように、黎は道の先を見つめた。

「『――十七歳になって、青春を楽しんでみたい』だ」

「は？」

黎からこれまでの経緯を聞いた雪白は、「あっはっはっは！」と笑い出した。

「あー、驚いた！　あの女、ほんまは六十歳のばーさんなん？　そんで、あの真白って若僧をだましてるんやな。――おもしろ」

真っ赤な口紅に彩られた唇を、雪白は指先で押さえた。

何事かを企んで細まる瞳に、黎が「雪白！」と牽制する。

「わかってるって。邪魔なんてせぇへんよ」

長い髪をなびかせて、雪白はにんまりと笑った。

「ただ面白そうやから――……ちょっと様子見てくるわ」


いよいよ文化祭の始まる数分前。

「じゃあ全員で協力して……ぜーったい、クラス優勝しようねっ！」

「「「おおーっ！！！」」」

大正ロマン風の着物に、レースのエプロンを重ねた亜梨紗の号令に、二年B組の男子たちは勇ましく拳を突き上げた。

「亜梨紗って、こういうクラス単位の行事、異様に燃えるよね」

「統率するの好きだからね」

ぼそぼそと話す千明と福屋さんの声もよそに、すみれは夢中で拍手していた。

各クラスがそれぞれに模擬店や出し物をするのだが、売り上げとアンケートの結果で、全学年の中から優勝が決まるのだ。

（みんなで協力して、優勝できたら最高だわ……！）

これぞまさに、夢見ていた青春だ。

ちなみに真白は文化祭全体の実行委員でもあるので、和風カフェの準備だけを手伝って、謝りながら場を外した。

やがてばらばらとお客さんがやってきて、教室は次第に忙しくなる。

「いらっしゃいませー！」

「和風カフェで栗ぜんざいはいかがですかー？」

呼び込みで入ってきたお客さんには、学校の生徒も、父兄もいた。

「これおいしい！」

「甘さがちょうどいいね」

ガスコンロを持ち込んだ調理場部分で、餅を焼いているすみれのもとにも、お客さんの感想が聞こえてくる。

（よかった。喜んでもらえてるみたい）

クラスメイトと一緒になって、夢中で働くすみれの姿を、教室のドアの隙間から、そっと覗いている人物がいた。――雪白だ。

網の上でぷっくりと膨れていく餅を目にした途端、彼女の目がはっと見開かれた。

そんなことにも気づかないすみれは、足りなくなった食器を洗うために、ばたばたと家庭科室まで駆けていく。

（大変だけど、忙しいけど……すごく楽しい！）

クラス優勝を目指して、みんなが一丸となって協力している。

食器を洗い、息を切らして戻ってくると、福屋さんがぱっと振り返った。

「如月、食器ありがと！」

「ううん。間に合った？　今はどんな感じ？」

「栗ぜんざい、また四つ注文入ったみたい。如月、盛りつけお願い！」

「はいっ！」

急いでコンロに向き直ったすみれは、はたと動きを止め、目を瞬かせた。

「お餅が……ない？」

さっきまで五つほど並べて焼いていた餅が、ひとつもなくなっていた。

「えっ、なんで？　私、ちょっと目を離しただけだよ？」

「わかんないけど……とりあえず、新しいの焼こう！」

おろおろする福屋さんに、すみれは励ますように言った。

だが、たくさん買って用意していたはずの餅は、何故かひとつ残らず消えていた。

それを聞かされた亜梨紗が、眉を逆立てて福屋さんに詰め寄る。

「お餅が全部なくなったってどういうこと!?　調理の責任者は福屋さんだよね？」

「わ、わからないの……でも、すぐ買ってくるから」

「予算オーバーしたってバレたら、審査の対象外になるんだよ。メインの栗ぜんざいができないとか、もう優勝なんて無理じゃん！」

癇癪を起こす亜梨紗を、なだめるように美紀が言った。

「仕方なくない？　そんな必死にならなくていいじゃん。テキトーで」

（そんな……材料がひとつなくなったくらいで……）

怒る亜梨紗と、泣き出しそうな福屋さん。

それを見守るクラスメイトたちの間に、美紀の言葉がきっかけとなって、投げやりな空気が広がっていく。

「私がなんとかします！」

気づけば、すみれはそう叫んでいた。

亜梨紗が一瞬黙り込み、鋭い目ですみれを見つめる。

「どうするつもり、如月さん？」

「ようかん？　そんなの今からできるの？」

「残った材料で、栗蒸しようかんを作ります」

「できると思います。やれるだけやってみます！」

栗の甘露煮(かんろに)はまだ残っているし、あんこも、砂糖もある。

遠い昔、母親から教えてもらった作り方を必死に思いだして、すみれはようかん作りに取りかかった。

材料を混ぜ合わせる様子を見ていた千明が、クラスメイトたちに向かって声を張る。

「みんな、すみれを手伝って！　すみれ、私たち何したらいい？」

「じゃあ、そこの栗をこれくらいの大きさに切ってください。それから、家庭科室から蒸し器を借りてきて」

「わかった！」

にわかに慌ただしくなる空気の中、みんな一生懸命働いた。

午後からの当番の子たちも、話を聞いたのか、手伝いに駆けつけてくれる。

やがて蒸しあがったようかんを、すみれは冷水につけて冷まし、切り分けた。

みんなが緊張の面持ちで、いっせいにぱくりと試食した瞬間――。

「なにこれ！　めっちゃうまいじゃん、栗蒸しようかん！」

「これならすぐ売り出せるよ！」

「超やる気になったんですけど！」

「絶対優勝いけるよ！　頑張ろう！」

（よかった――……）

わぁっと盛り上がる輪の中で、すみれはほっと胸を撫で下ろした。

その肩を誰かにつんつんとつつかれ、振り返ると。

「如月さん。……ありがと」

亜梨紗が小さな声で呟き、離れていった。

あの亜梨紗がすみれにお礼を言うなんて――と、千明も福屋さんも目を丸くしている。

嬉しいやら泣きたいやらで、すみれは真っ赤になった。

（お礼なんて……私のほうこそ、みんなにありがとうって言いたいくらい）

メインメニューをぜんざいからようかんに変更しても、客足は途絶えるどころか、むしろどんどん増えていった。

調理班はひたすらようかんを作り、接客班も笑顔で応対し続けた結果、文化祭の終了一時間前に、ようかんはすべて売り切れた。

「完売！　完売したよ、栗蒸しようかん！」

調理場に駆けこんできた美紀の声に、

「やったぁぁぁ――！」

と大きな歓声が沸き起こった。

「よかった、よかったよぅ……一時はどうなることかと……」

「福屋さん、よかったね！　頑張ったね！」

泣きながらしがみついてくる福屋さんを抱き止めて、すみれの目頭（めがしら）も熱くなる。

「如月さん、イェー！」

両手をパーの形にして近づいてきた女子に、すみれは泣き笑いの顔で両手ピースした。

「如月さんってば、なんでハイタッチにチョキだすの？」

「すみれ。ハイタッチは手のひら合わせるんだよ」

千明がくすくす笑い、顔の前に両手を差し出す。

すみれは大きく頷き、パンッ！　といい音をさせて千明とハイタッチした。

（友達と喜びを分かち合えるって、素敵）

込み上げる感動に両目を覆うと、嬉し泣きの涙が熱く掌を濡らした。


その後の屋上で。

「雪白……おまえ、やはり余計なことをしたな」

「黎～～～。さすがの私も食べすぎたわ。苦しくて動かれへん、助けて～～～……」

人目を忍び、大量の餅を盗み食いした雪白が、呆れかえった黎にしぶしぶ背負われて帰ったことを、すみれは知る由もないのだった。


外来のお客さんが帰り、クラスの片づけも終わったあと、暗くなった校庭では後夜祭が開かれていた。

ステージにあがったバンドが音楽を奏で、キャンプファイヤーの炎が、ごった返す生徒たちの姿を赤々と照らしている。

大きなイベントを終えた満足感と開放感で、みんな楽しそうな笑顔だ。

「すみれー！」

人ごみに揉まれてふらふらしているすみれに、千明が声をかけてくれた。

「真白が向こうで、すみれのこと探してたよ」

「ほんとですか？　私も探してるんですけど、人が多くて」

うっかり携帯を教室に置いてきてしまったので、手当たり次第に探すしかない。

息を切らしながらきょろきょろしていると、誰かにぱっと手を摑まれた。

「やっと見つけた！」

「あ……」

「聞いたよ。すごい頑張ってたって」

真白がとびきりの笑顔で、すみれの活躍をねぎらってくれた。

彼の言葉にじわじわと、胸が温かくなっていく。

（どうしてだろう……会えただけで、いつもよりずっと嬉しいなんて）

今日はいろんなことがあったから、まるで数日ぶりに顔を合わせたような気がする。

「疲れたでしょ。飲み物でも買って、どこかに座る？」

「そんな、全然。今日がもう一日あってもいいくらいです」

「もう一日？　えー、オレはちょっとカンベンだな」

実行委員がよほど大変だったのか、真白は苦笑した。

それでも、すみれの高揚(こうよう)した気持ちは変わらない。

「私……今日一日、すごく幸せでした」

「そっか。――優勝したかったね」

「でも、準優勝でも充分立派です！」

亜梨紗は悔しがっていたけれど、二年B組の和風カフェは、準優勝という好成績をおさめたのだ。

悔しいのは本気でやったからこそで、そこまで一生懸命になれたことが、何より大切な思い出だとすみれは思う。

「あーっ、すみれ！」

おだんご頭の女の子が、すみれを見つけて駆け寄ってきた。

「今日、本番ばっちりだったよ。ありがとう！」

「よかった！　私も舞台、見に行きたかったです」

「今度、ＤＶＤに焼いて渡すよ。じゃあね！　マジありがとね！」

たっと駆け戻っていく彼女を見つめて、真白が「誰？」と尋ねる。

「Ｄ組の富田さん。演劇部の人なんです。一昨日、ミシンが壊れて困ってたから、衣装を作るのを手伝って……」

「一昨日？　なのに、もうあんなに仲良くなったんだ？」

なんだか羨むような口調で言って、真白はすみれを見下ろした。

「じゃあ、オレも名前で呼ぼうかな」

「え？」


「――すみれ」


きゅうっ――と心臓が引き絞られるような感じがした。

好きな人に呼んでもらうその名前は、他の誰が口にするより、優しくて甘かった。

少し照れたように、真白は早口で言う。

「二人だけのときしか呼ばないけど。嫌だった？」

「ううん。……真白くんと近くなったみたいで、嬉しい！」

きっと今の自分の顔は、炎で照らされた以上に真っ赤になっている。

えへへ、とはにかんだすみれだったが、次の瞬間、

「あ――――っ！」

と大声で叫んで、口元を押さえた。

「ごめんね、真白くん。忘れてた！」

「何を？」

「真白くんの分の栗蒸しようかん、とっておくの……！」

真剣に慌てるすみれに、真白が噴き出した。

「あははっ。なんだ、そんなことか」

「ひとつだけでもわけておけばよかった～……」

「うん。オレも、すみれの作った栗蒸しようかん、食べたかったな」

「じゃあ今度は、真白くんのために、腕によりをかけて作るね」

意気込んで言うと、真白がふふっと笑って、すみれを覗き込んだ。

「敬語じゃなくなったね。すみれ」

「あっ……」

（本当だ。私、いつの間に……）

戸惑っているすみれの手を、真白がもう一度ぎゅっと握り直してくる。

「ま、真白くん。人の目が……」

「誰もからかったりしないよ」

そのとき、向こうのほうから、クラスの男子に呼ばれた。

「おーい、真白ーっ！　クラス写真撮るってー！　如月さんもー！」

「おー、今行くー！」

「ちょっ……ちょっと、真白くん……!?」

すみれの手を引いたまま、真白はクラスメイトの群れに近づいていった。

「わっ。手ぇつないでんじゃん。真白と如月さん！」

「二人とも、付き合ってたのー!?」

「うん。実は」

真白が気負いもなく笑っているから、恥ずかしくてたまらなかったけれど、すみれは彼の手を振りほどけなかった。

「えーっ、ちょ……亜梨紗、いいの？」

「——いいんじゃない」

焦る美紀と、肩をすくめる亜梨紗の姿が遠くに見える。

てっきりまた何か突っかかってこられるかと思ったけれど、昼間の出来事もあって、亜梨紗はすみれのことを認めてくれたのかもしれなかった。

「行こう、すみれ」

集合写真の列に手を繋いだまま並ぶと、真白が小声で囁いた。

「ほんとはすみれのこと、みんなに知ってもらいたかったんだよね」

「……うん……」

何もかも、にわかには信じられなかった。

好きな人と手を繋いで写真を撮ることも。

二人が付き合っていることを、みんなが当たり前のように受け止めてくれることも。

四十三年前、内気だった「澄」が、泣きたいほど焦がれた青春を、自分は今、こうして謳歌しているのだ。

（真白くんと一緒にいると、私の中の「澄」が少しずつ消えていく気がする）

——本当に、まるで生まれ変わるみたいに……。

7

「黎(レイ)、黎っ。これ見てください！」

十二月も中旬(ちゅうじゅん)に入った、ある日。

居間に呼ばれた黎は、すみれから数枚の紙を見せられた。

用紙の右上には赤ペンで、「84」「91」「82」といった数字が書かれている。

「なんですか、これは」

「期末テストですよ。中間より、学年で順位が二十番あがったんです」

「ほう……それは頑張りましたね」

「あと、これが文化祭と球技大会の写真です」

すみれは嬉しそうに微笑(ほほえ)んで、プリントされた写真を手渡した。

無邪気なその様子に、黎は一瞬黙り込んだあと、問いかける。

「何故、私に？」

「黎のおかげで高校に通えてるんですから、ちゃんと満喫してるって報告しておこうと思って。おかげさまで、無事に二学期を終えられそうです」

ぺこりと頭を下げたあと、すみれは壁の時計を見上げて、「あっ！」と立ちあがった。

「いけない、こんな時間だ。支度しなきゃ」

「今日もアルバイトですか？」

最近になってすみれは、駅前のファミレスでバイトを始めた。

千明という友人が働いていて、人手が足りないからと誘われたそうだ。

もうすぐバイト代が入るので、真白へのクリスマスプレゼントを買うつもりらしい。

「じゃあ、いってきます！　寒いから、見送りはいいですよ」

すみれはコートを羽織り、元気いっぱいに出かけていった。

一人になった黎は、手元の写真を改めて眺める。

文化祭の和風カフェで、エプロンと三角巾をつけ、友人と笑っているすみれ。

球技大会では、不器用なりに、必死にボールを追いかけているすみれ。

どの写真でもすみれはいい表情をしていて、黎の口元は我知らずほころんでいた。

が、最後の一枚を見て、ふっとその笑みが掻き消える。

クラス全員が写った後夜祭の集合写真。

すみれは真白の隣に並び、彼の横顔を見上げて、愛らしくはにかんでいた。

「――――」

黎は写真を置くと、静かに立ちあがった。

今日は、自分もこれから出かけなければならない。

待ち合わせの相手は、婚約者である雪白だった。

「なんなん？　これ」

住宅街の中にある、小さな喫茶店。

先に来てサンドウィッチを頬張っていた雪白の前に、黎は茶封筒を滑らせた。

中身を確かめた雪白が、目をぱちくりさせる。

「お金やん。どうしたん、これ」

「『書画』を書いて画廊に持っていったら、いくらかの現金になったのだ」

人間の姿で生活するようになってから、黎はそうすることでお金を稼いでいた。

すみれは気にしないでいいと言ったけれど、月の食費もきっちりと、自分の稼ぎから納めている。

「それをおまえにやる。雪白」

　黎が差し出したのは、それだけではなかった。

「これはおまえの戸籍謄本だ。おまえの名字は『山中』。山中雪白の名で、信用金庫に口座も作った。あとこれが、実印と銀行印と認め印――」

「ちょ、ちょっと。さっきから、あんたが何を言ってるんか、さっぱりやねんけど」

「悪目立ちをせずに、『人』のふりをして賢く生きるのだ。雪白」

　黎の言葉の意味を嚙み砕くように、雪白はしばらく黙った。

「『人』のふりっていうのは気に入らんけど……私のこと、心配してくれたんか？」

　雪白はうふふと笑って、黎の隣に座り直した。

　彼の肩に頰をすり寄せ、甘えた口調で言う。

「ところで、私と祝言をあげる話はどうなったん？」

「屛風の呪縛を解くほうが先だ」

　相変わらずすげない態度の黎に、雪白はむっとしてまくしたてる。

「そんなもん、いつになるかわからへんやんか！　すみれが心の底から幸せやって思うときなんて……。だいたい、私らの祝言は、あんたの父と私の父で決めたことやろ！」

「そのことだが……我々の一族は、もう――」

言葉を濁した黎に、雪白は顔を強張らせた。

「……死んだん……？　私らの父も母も……」

「調べたが、それらしい文献は見つからなかった。おそらく一族の中で、生き残っているものはいない。――時が経ちすぎたのだ」

「だったら、なおさらはやく祝言をあげようや！　血を絶やさんように、強い子を残さんと！」

声を荒らげる雪白を、黎は諭した。

「主の望みも叶わぬうちに、自分たちの望みを先んずるわけにはいかない。……すまない」

「っ……！」

席を立ち、去っていく黎の背中を睨んだあと、雪白は残りのサンドウィッチをむしゃむしゃとやけ食いした。

このままでは、自分と黎が結ばれるのは、本当にいつになるかわからない。

（どうにかせんと……でも、どうしたらええんか、全然思いつかん）

それから一週間後。

二学期の終業式の日は、前夜からの雪が降り積もり、外はどこを見ても真っ白だった。

長靴できゅっきゅっと新雪を踏みしめる感触が、すみれは昔から好きだった。

（一昨日、バイト代で真白くんへのプレゼントも買えたし。クリスマスをどうするか、今日こそ相談したいけど……私のほうから言っていいのかしら）

そんなことを考えているうちに学校に着き、終業式をつつがなく終える。

コートにマフラーを巻いて帰り支度をし、真白の姿を探していると、彼のほうからやってきてくれた。

「すみれ。一緒に帰ろ」

「あ、うん。あのね……」

校門に向かいながら、クリスマスの件を口にしようとしたとき。

「おーい、真白ー！　すみれちゃーん！　雪合戦やらねー!?」

校庭にいた真白の友達に呼び止められる。

「どうする？」

「えっと……」

迷っているすみれの背中に、ドシャ！　といきなり雪玉がぶつけられた。

かなりの衝撃に顔をしかめて振り返ると、

「あーごめんねー、如月(きさらぎ)さーん」

自分の顔と同じくらい大きな雪玉を抱えた亜梨紗(ありさ)が、ふっふっふと不敵に笑う。

「ひえっ！」

第二弾の雪玉が飛んできて、すみれは慌てて身を仰(の)け反(ぞ)らせた。

こうなったら、こっちもやられっぱなしじゃいられない。

「きゃー、何よ、やる気!?」

「そっちこそ、いきなり攻撃するなんてずるいですっ！」

わーわー言いながら雪玉をぶつけあう二人を、雪だるまを作っていた千明と福屋(ふくや)さんが、ぽかんと眺めていた。

「すみれと亜梨紗が戦ってるよ」

「意外と気が合ってんのかなー」

そんなふうに無我夢中で、一時間以上も雪合戦を続けただろうか。

「はぁ、はぁ……もう、ダメ……」

体力が底をついたすみれは、雪の上に大の字になった。

息が乱れ、熱くなった体に、コートごしの雪の冷たさが伝わってきて気持ちいい。

こんなふうにがむしゃらに遊んだのは、きっと子供の頃以来だ。

寝転がって見上げた空の青さは、なんだか胸がきゅうっとなるくらいにきれいだった。

「あー、靴下まで濡れた」

真白が苦笑しながらやってきた。

彼も彼で、雪合戦を思い切り楽しんだようだ。

「そろそろ帰ろっか」

バス停まで行ってみると、運行は雪で遅れているようだった。

「こんなに積もるなんて思わなかったもんね。途中まで歩こうか」

「うん。朝起きたら一面真っ白で、嬉しくなっちゃった」

「オレも！　一緒だね」

明るく言う真白に、すみれは、もう何度目かわからないときめきを覚えた。

(真白くんも雪好きなんだ。……嬉しい)

ざくざくと雪を踏みしめて歩きながら、他愛もない話をする。

「雪の降る前って、匂いするよね」

「匂い？　雪の匂いがわかるの、真白くん？」

「うん。すみれはわかんない？　なんか、冷凍庫開けたときの匂いに似てる」

「冷凍庫？　本当に？」

「そう。だからその匂いがすると、あ、これは雪降るぞ！　ってわくわくすんだよね。オレ、季節の中で、冬が一番好きでさ」

歩いているうちに、石段にさしかかると、真白はすみれに手を差し伸べた。

「ここ、滑るかもしれないから」

ごく自然な振る舞いに、すみれはどぎまぎして手を預ける。

(真白くん、王子様みたいだわ……)

そんなことを考えるだけでも照れくさいのだけど、しっかり支えてくれる真白と手を繋いでいると、自分が物語のお姫様になったような気がした。

(そうだ。クリスマスのこと訊かないと)

クリスマスといえば、普通は何をするのだろう。

プレゼントを渡して、ケーキとチキンを食べて、それからツリーを飾って。

(あ、でも、うちにはツリーがない……お父さんの大事にしてた盆栽に、飾りつければいいかしら)

よし、と自分を勇気づけたすみれは、思いきって切り出した。

「あのっ、真白君。クリスマスのことなんだけど……」

「ああ、うん。クリスマスね」

石段の途中で、真白が足を止める。

「きっと、すみれ行ったことないから、楽しいと思うんだ」

「え？」

「クリスマスは、二人でスノボしに長野へ行かない？」

（二人で、長野……？）

心臓が、どきんと飛び跳ねる音がした。

すみれには、スノボというのが、スキーの仲間のようなものということしかわからない。

けれど、長野のような遠くへ行くということは――。

「ごめんなさい。泊まりは、ちょっと……」

「えっ!?」

申し訳なさげなすみれに、真白のほうが赤くなった。

「泊まりじゃないよ。長野でも、駅の近くなら、日帰りで滑れるスキー場があるんだよ」

「そうなの？」

「うん。だったら平気？」

「だけど私、スキーをしたことがなくて」

「スキーじゃなくてスノーボード。大丈夫！　オレが教えるから、一緒に行こう？」

力強く誘われて、すみれは釣り込まれるように頷いていた。

自分と過ごすクリスマスのことを、真白がちゃんと考えてくれていたのが、とても嬉しかったから。


「カイロに救急道具。お財布と携帯……それから、真白くんへのクリスマスプレゼント」

クリスマスイブの前夜。

すみれは自室で一人、明日のための荷造りをしていた。

いよいよ真白と二人でクリスマスを過ごすのだと思うと、なんだか緊張してくる。

「そうだ。明日早いから、朝ごはんはお弁当にして持っていこう。帰りは遅くなるから、黎のごはんも作りおきして……」

ぶつぶつと明日の段取りを確認したすみれは、以前から用意していた「あるもの」を抱えて、黎の部屋へ向かった。

「黎。いいですか？」

「どうぞ」

声をかけると返事があったので、そっと襖を開ける。

黎は文机の前で胡坐を組んで、また本を読んでいた。

その横顔がいつにもまして端整に見えて、すみれは一瞬、言葉を忘れた。

「なんでしょう?」

「あ……えっと、あの。明日の二十四日なんですけど、私、真白くんと長野に行くことになって」

ぱたん、と本を閉じた黎がこちらを振り向く。

「何をしに?」

「スキー場に遊びに行くんです。スノボというスポーツをしに」

「この寒い季節に雪山に行くということですか?」

(うわ……信じられないって顔してるわ……)

寒がりの猫からすれば、わざわざ雪だらけの場所に行く人間など、正気の沙汰ではないのだろう。

「それでですね。明日は帰りが遅くなるので、ちょっと早いんですけど、黎にクリスマスプレゼントを……」

胸に抱えてきたものを、すみれは黎に差し出した。

「父の冬用の反物があったので、黎のサイズに仕立てました」

シンプルな藍色の着物を、黎はじっと見つめた。

だが、返ってきた言葉は、

「……そうですか。ありがとうございます」

という、愛想のないものだった。

「念のために、旅路の予定をメモに残しておいてください」

「わかりました……」

すみれは肩透かしを食らったような気持ちで、部屋を出ると、後ろ手に襖を閉めた。

あの着物は、きっと黎に似合うと思って、丁寧に仕立てたのだけど。

（黎、嬉しくなかったのかしら……）


翌朝、六時過ぎ。

まだ明けきらない暗がりの駅前で、すみれは真白と待ち合わせた。

「おはよ！　お待たせ」

「おはよう、真白くん」

真白はフード付きのモッズコートを着て、デイパックを背負っていた。

すみれもショートコートにマフラーを巻き、ボストンバッグを提げている。

お互いの格好に、ちょっとした小旅行気分が高まった。

「東京から長野まで一時間なんて驚いた」

「そうそう。意外に速いんだよ」

やってきた電車に乗り込み、都心部に近づくにつれ、車内はだんだん混んできた。

「新宿で乗り換えるよ。人いっぱいだから、はぐれないようにね」

「うん」

そう言ったすみれだったけれど、新宿駅で降りた途端、視界いっぱいにひしめく人の姿に青ざめた。

（な、何これ。東京って、こわいっ……）

都会まで出ることなんて、若い頃でさえ滅多になかったから、あっという間に揉みくちゃにされてしまう。

「すみれ、こっち！」

真白に手を引かれて電車を乗り換え、ようやく東京駅に着いたときには、もうすでにへとへとだった。

「大丈夫？　着く前から疲れたんじゃない？」

切符を買いにいっていた真白が、心配そうな顔で戻ってくる。

「ううん、大丈夫」

楽しみにしていた日帰り旅行なのだからと、すみれは笑顔を浮かべ、真白が差し出した新幹線の切符を受け取った。

「ありがとう。いくらだった？」

「ううん、いいよ。いらない」

「え……」

どうやら真白は、新幹線の切符代をおごってくれるつもりらしい。

前にもこんなことがあったと思いながら、すみれはしどろもどろに言った。

「そういうわけには……だってほら、一応学生だし、親御さんのお金だから……」

「親にはもらってないから」

真白はきっぱりと言った。

「空いてる時間見つけて、引っ越し屋の手伝いとか、短期のバイトしてるんだ。で、今回は、オレがすみれを連れてってあげたかったからいいの。——わかった？」

諭すように言われて、すみれは思わず頷いてしまう。

（真白くんって、私が思ってるより、ずっとしっかりしてるんだな……）

父親は市会議員でお金持ちだし、これくらいの年齢の男の子なら、親に甘えるのは普通なのに。

「真白くん、おなか空いてない？　お弁当あるよ」

いよいよ新幹線に乗り込み、並んで座席に座ると、すみれはバッグから風呂敷包みを取り出した。

「あとお茶と、みかんと、おまんじゅうも！」

いそいそといろんなものを差し出すすみれに、真白がぷっと噴き出した。

「経済的！」

あははっと笑われて、ちょっと恥ずかしいけれど、ちっとも嫌な気持ちにならない。

いつも年の差を感じないくらい、真白はすみれと同じ目線で向き合ってくれる。

（真白くんとお付き合いできて、私はほんとに幸せだな……）

おいしそうにおにぎりを頬張る真白の横を、車内販売のお姉さんがカートを押して通り過ぎていく。

と、後ろの席で、

「ちょっと、そこに載ってる食べ物全部ちょうだい」

「え、全部ですか!?」

　というやりとりが聞こえた。

　その声に聞き覚えがあるような気がして、すみれは身を乗り出して振り返る。

（雪白さん!?）

　だが、後ろは空席で、誰も座っていなかった。

「どうしたの？」

「あ、ううん……なんでもないの」

　不思議そうな真白にごまかし笑いを浮かべて、すみれは座り直した。

（きっと、ただの気のせいね――）


　辿り着いた長野のスキー場はとても広く、一面の銀世界だった。

　スキーをしている人も、スノボをしている人もいるし、頭上をリフトが流れていくのは、遊園地のようでわくわくする。

　すみれと真白は、まずスノボ用のウェアをレンタルし、更衣室で着替えることにした。

（寒くないように、背中にカイロたくさん貼っとこ）

ナイロン素材のジャケットとパンツを着て、頭には毛糸の帽子とゴーグル。

同じくレンタルしたボードを抱えて、もたもたと雪原に出ていくと、先に着替えた真白が待っていた。

「ボード、持つよ」

「ありがとう」

いつものように優しい真白にボードを預け、歩き出したとき。

「――可愛い」

肩ごしに振り返った真白が、それだけ言ってまた前を向いた。

その頰が少しだけ上気していて、すみれはそれ以上に真っ赤になってしまう。

(真白くんのほうこそ、何着てもかっこいいのに)

「あ……歩きにくいね」

着慣れないウェアと、真白の唐突な褒め言葉のせいで、すみれはぎくしゃくとしか歩けなかった。

「大丈夫、すぐ慣れるよ。ボードつけてみよっか」

少し傾斜のある場所で、真白のレクチャーに従い、ボードの金具に足を固定する。

「前に体重かけて。後ろにかけると倒れるからね」

「うん、わかった……――っひゃあ！」

言った端から、すみれはずべっと後ろ向きに転んでしまった。

（いっ、痛い！　難しい……！）

「大丈夫？　でも転ばないと上達しないから」

そう言って、真白はすみれを助け起こしてくれた。

「よし。じゃあ先に、転ぶ練習しよっか」

「うん」

「転ぶとき、先に手をつかないでね。ケガするから。倒れるのは膝から」

「こ、こう……？　うわっぷ！」

どしゃ！　と前のめりに倒れ、顔面を雪にめりこませたすみれに、

「すみれ、転び方うまい！　カンペキ！」

と、真白の朗らかな声が響いた。

（い、痛いんですけど……でも）

「よいしょ……よいっしょ……」

ふぅふぅと息をつきながら、すみれはひたすら転ぶ練習をした。

途中で「休憩する？」と訊かれても、首を横に振って、何度も何度も。

（せっかく真白くんが誘ってくれたんだから、滑れるようになりたい）

その一心が、すみれを突き動かしていた。

「じゃあ次は頑張って、あの木のところまで滑ってみようか」

真白が指差した木は、ここから五メートルほど。

普通に歩いたら、なんてことのない距離だ。

だがボードをつけて、よたよたとバランスを取るすみれには、とんでもなく遠く思える。

「頑張れ、すみれ！」

「う、うんっ……」

真白の声援を背に受けて、すみれはそろりと滑り出した。

自分の吐く息が白くなって、後ろに流れていく。

何度もふらついて、バランスを崩しそうになったけれど、あと少し。もう少しで――。

「あっ……！」

目印の木を過ぎた瞬間、気がゆるんでズシャッと転んだ。

でも。

「滑れたよ、真白くん！」

目を輝かせて振り返ると、真白も「やった！」と叫んで駆け寄ってくるところだった。

「こんな短期間で滑れるようになるなんて、すみれセンスあるよ」

満面の笑顔で褒められて、たまらなく嬉しくなってしまう。

「ありがとう。でも、私の練習に付き合ってもらってばかりじゃ悪いから、真白くんも滑ってきて？　私、ここで見てるから」

「え、いいの？」

「うん。あの、ジャンプしてる人たちみたいに、できる？」

「一応できるけど」

坂の上まで登った真白は、粉雪を蹴立てて滑り下りてくると、重力から解放されたように、ザシュッ――と高く跳んだ。

「わぁ、すごい……！」

思わず感嘆の声が洩れた。

（真白くんはいつも、私に新しい世界を見せてくれる）

下から見上げた真白の背後には、抜けるような青空が広がっていた。

舞い上がった雪の結晶が太陽の光にきらきら光って、とても、とてもきれいだった。

しばらくそうして遊んだ二人は、お昼どきになったので、レストランも入っている休憩所に向かった。

指定の場所にボードを立てかけたすみれは、手袋と携帯電話が落ちているのを見つけた。

「あのー、どなたか。ケイタイと手袋落としてますよ」

呼びかけると、向こうのほうにいた大学生くらいのグループの一人が、

「あー、オレだ」

と駆けてきた。

「はい、どうぞ」

眉を細くして顎ヒゲを生やした、いかにも今時の男の子だ。

手袋についた雪を払って差し出すと、彼はすみれをじっと見つめ、にやりとした。

「何、逆ナン？」

「え？」

ギャクナン、という聞き慣れない言葉に、目をぱちぱちさせていると、

「すみれ！」

と真白に呼ばれて腕を引かれる。

「何？　あいつになんか言われた？」

「えっと……ギャグがなんとかって」

「ギャグ？」

真白が面食らっている間に、ヒゲ男子は「ちっ」と舌打ちして離れていった。

「なんだよ、男いんじゃん」

「いるだろ、そりゃ。クリスマスイブなんだから」

「まぎらわしーな」

グループに戻り、悪態をつく彼らを、真白は牽制（けんせい）するようにじっと見ていた。

「真白くん？」

「ああ、ごめん。……お昼ごはん、こっちのレストランでいい？」

「うん。私、貴重品預けてるから、ロッカーまでとってくるね」

（真白くんへのプレゼントも持ってきて、お昼を食べるときに渡そう）

クリスマスの醍醐味（だいごみ）と言えば、やっぱりプレゼントだ。

戻ってきたすみれは、ドキドキしながらレストランに向かった。

「朝早かったから、疲れたんじゃない？」

席に着いて注文を終えると、真白がまた気遣ってくれる。

「大丈夫。あのね。真白くん、これ……クリスマスプレゼント」

すみれは体の後ろに隠していた包みを、そっと差し出した。

茶色いチェックの包装紙に、黒のリボンをかけた小さな箱だ。

まるで予想していなかったように、真白が目を見開く。

「ほんとに？　……開けていい？」

「うん」

真白が包みを開いていく間、すみれは緊張に身を固くした。

若者向けのお店を何軒も回って探したけれど、気に入ってもらえるだろうか。

「財布だ。うわ、かっこいい……」

中身を見た真白が、大きく息を呑む。

「けど、これ、高いやつだよね」

ブランドものであることに気づいて、真白はちょっとためらう様子を見せた。

受け取ってもらいたくて、すみれは急いで言う。

「でも私も、このためにバイトしたから」

千明に紹介してもらったファミレスで働くのは、初めてのことで楽しかった。

いろんなお客さんが来て、バイト先で新しい仲間もできて。

大変なことももちろんあるけど、そうして手に入れたお金の使い道を考えたとき、やっぱり一番に思い浮かんだのは、真白に何かをしてあげたいということだった。

そんなすみれの気持ちが伝わったのだろうか。

「ありがと！　すげぇ嬉しい」

真白は笑って、さっそく新しい財布に、古い財布の中身を入れ替えた。

「かっこいいね、コレ」

（よかった……）

社交辞令ではなく、本当に喜んでくれているのがわかって、すみれも心底ほっとする。

すると。

「そうだ、すみれ。ちょっと目つぶって」

「え？　どうして」

「どうしても」

わけがわからないまま、すみれは素直に目を閉じた。

真白の気配が近づいて、首の後ろの髪を掻き上げられる感触がした。

（え、何？　くすぐったい）

「もういいよ」

目を開けたすみれは、胸元を見下ろして、「あ……」と声をあげた。

ニットの上できらりと光っていたのは、ハートの形をした銀色のペンダントだった。

「それ、オレからのクリスマスプレゼント」

「でも、だって……旅費も……」

「うん。だから安物なんだ、それ。だけど、何か形のあるものもあげたくて」

真白の声も笑顔も、とてもとても優しくて。

駄目だ——と思う間もなく、すみれの瞳からぽろっと涙が溢(あふ)れた。

「わっ。すみれ、大丈夫⁉」

「……ありがとう……」

それ以上は声がつまって、言葉にならなかった。

(六十年も生きてきて、誰かにこんなに大事にされたこと、初めてだ……)

驚いて腰を浮かしている真白に、すみれはようやく言った。

「ごめんね、泣いたりして……」

「いいよ。ごはん食べたら、上のコース行ってみよ？　すみれ、滑れるようになったしさ」

「うん」

頼んだパスタは、胸がいっぱいでなかなか飲み込めなかったけれど、真白と二人で食べると、ものすごくおいしかった。

（ありがとう、真白くん。私、とっても幸せだよ——）


一方、その頃。

「あ〜〜〜寒い寒いっ！　なんなん。こんな雪山まで何しに来たん」

ダウンコートの前を掻き合わせ、雪白はぶうぶうと文句を言った。

「おまえには関係ない」

「はぁ？　遠路はるばるついてきてやったのに」

「別に頼んではいない」

安定の素っ気なさで返すのはもちろん、休憩所の隅で腕組みをした黎だ。

彼の視線の先には、ファミリー向けのレストランがある。

どうせなら中に入って食事をしたいのに、黎は「ここでいい」と言い張って、ちっとも動こうとしないのだ。

「もういいわ！」

雪白はぷりぷり怒って、その場を離れた。

何か面白いものがないかとあたりを散策してみたけれど、さほど広くない休憩所の中は、すぐに巡り終えてしまう。

けれど、雪だらけの外に出ていくなんて、絶対にお断りだ。

（つまらんわ……──あれ？）

獲物を見つけた猫のように、雪白はひたっと足を止めた。

「落としたくないから、このペンダント、更衣室に預けてくるね」

「じゃあオレもトイレ行ってから、荷物預けるよ」

何やら仲睦まじい様子で、会話している男女がいる。

（すみれとあの若僧やん）

もしかして黎は、わざわざこんなところまで、この二人についてきたのだろうか？

（ほんと、おもしろないなぁ……）

雪白は男性更衣室の入り口に先回りし、仁王立ちで真白を待ち受けた。

「すいません。ちょっと通れないんですけど……」

そう言われても動かず、半眼で睨みつけてくる雪白に、真白は当惑しているようだ。

「困るんやけど」

雪白はきつい声で言い放った。

「あのばーさん、はやいとこ幸せにしてくれんと」

「……ばーさん？」

何を言われたのかわからない様子で、真白がオウム返しに呟いた。

虚をつかれたようなその表情に、雪白は「あ」と口元を押さえた。

「しまった……これは秘密やったんか？」

だが、考えてみれば当然だ。

すみれというあの娘は、この真白のことを好きなのだから。

惚れた男に、本当の自分は六十歳なのだと、打ち明けたい女がいるはずもない。

まずったか——と肩をすくめる雪白を、真白は何かの記憶を刺激されたかのように、じっと見つめた。

「あの……もしかして、オレの家で会いましたか？」

「会ったも何も、あんたが子供の頃からずーっといたやんか。屏——……っと」

雪白は再び口をつぐんだ。

真白の家の屏風に封じられていたことも、雪白がその屏風から現れたことも、彼は覚えていないのだった。

（そういう術をかけたんは私やった）

失言を重ねるところだった雪白に、真白はなおも問いかけてくる。

「もしかして、父のお知り合いか何かですか？」

「そーそー、それや！」

「父とはどういう……」

「えっと……あーもー、めんどくさい！」

これ以上話していてはボロが出そうで、雪白はくるりと踵を返した。

（すみれの正体も、屏風のことも、言わんほうがいいことばっかりでややこしいわぁ）

あとには、わけもわからず絡まれた真白が一人、取り残される。

「なんなんだ、あの人……」


更衣室から戻ってきたすみれは、ボード置き場の前で、真白を探していた。

（真白くん、まだ来てないのかな。携帯もロッカーに預けちゃったしな……）

うろうろしていると、さっき手袋を拾って渡した男の子が、再び近づいてきた。

「もしかして、彼氏探してる？」

「あ、はい」

「彼氏なら、先にリフトで上のコース行くって。後からおいでって言ってたよ」

「え……」

「行かないの？」

親切に教えてくれたのはありがたいが、すみれは困ってしまった。

「私、まだリフトに乗ったことがなくて……」

「じゃあオレも上行くし、教えてあげるよ」

「おそれ入ります。じゃあ、お願いします」

すみれはおずおずと頭を下げた。

（きっと上に行けば会えるのよね。真白くん……）


よく知らない男の子と、二人乗りのリフトに乗るのは、窮屈だったし気まずかった。

しかも、さっきまでいい天気だったのに、今は雪がちらついていて、だんだん勢いを増してきているようだ。

やがて降り場に着いたすみれは、目に入った立て看板をまじまじと見つめた。

「え……上級者コース？」

やっと五メートル滑れたくらいではしゃいでいたすみれには、難易度が高すぎる。

そんなことは、真白が一番わかっているはずなのに――。

「オレが滑り教えてあげるよ」

「いえ……彼を探すので。連れてきてくれて、どうもありがとうございました」

男の子の申し出を断り、すみれはボードを抱えて、あたりを歩き始めた。

だが雪のせいで視界が悪く、なかなか見つからない。

「真白くん……真白くーん」

少し遠くに人影を見つけて、声をかけてみたが聞こえないようだ。

すみれは意を決し、追いつくために、自分もボードに乗った。

「よっ……」

真白に教えてもらった通りに滑ってみるが、ここは傾斜が急で、すぐにべしゃっと転んでしまう。

全身を雪にまみれさせながら、もたもたと立ちあがろうとしていると。

「ほら、やっぱ無理っしょ。教えてあげるって」

さっきの男の子が滑ってきて、すみれの横で止まった。

「初心者一人じゃ、このコース下りれないよ。天候も悪いし、危ないじゃん。遭難(そうなん)しちゃったら大変だよ？」

「いえ、大丈夫です。彼が迎えにきてくれるんで」

かたくなに断るすみれに、彼は不機嫌な顔になり、それから「はっ」とせせら笑った。

「彼なんていねーけどな」

「……え？」

「彼氏いねーよ。先に言ってるなんて、嘘だから。だから意地張ってねーで、オレと一緒に――」

「結構です」

すみれは彼の言葉を遮った。

「結構です。一人で下ります」

この男の子がどんなつもりで嘘をついたのかはわからないが、初対面の人を騙すような人と、行動を共にしたくない。

「そーかよ。勝手にしろよ！」

癇癪を起こした彼は、すみれを置き去りにして滑っていってしまった。

寒さに赤くなった鼻を擦って、すみれはゆっくりと立ちあがった。

（下りないと……真白くんが心配してるわ）

下りのリフトに乗れば、一人でもどうにか帰れるだろう。

リフト乗り場まで戻ろうと、すみれは雪に足を取られながら歩き出した。

だが、いつの間にか雪はどんどん激しくなって、吹雪といえるまでになっている。

あたりから人の気配も絶えて、自分がどっちから来たのかもわからない。

（進んだほうがいいの？　それとも、ここで大人しく待ってたほうが……？）

考えても考えても、正しい答えがわからない。

灰色の空の下、すみれはへたりとその場に膝をついた。

（何やってるの、もう。だいたい真白くんが、私を置いて一人で行動するはずないのに）

それなのに、あんな簡単な嘘に騙されて、自分は本当に馬鹿だ。

――そうして、どれくらいの時間が過ぎたのだろう。

ゴォォォ――……と風の音がうなりをあげる中、すみれは雪の上でうずくまり、ガタガタと震えていた。

（なんで、汗かいたからって、カイロ外しちゃったんだろう……）

凍傷寸前の頬は、冷たいのを通り越して、ひび割れそうにひりひり痛む。

頭や背中にも雪が積もって、どれだけ自分の腕を擦って温めても、歯の根が合わずにガチガチと鳴った。

もしかすると、自分は本当にここで死んでしまうのかもしれない。

気が遠くなりかけたすみれは、吹雪の向こうに幻を見た。

（どう、して……）

黒いショートコートにマフラーを巻いた青年が、強い風に髪をなぶられていた。

すみれを見つけるなり、彼は足を速めてこちらに近づいてくる。

（どうして……黎が見えるの……かしら……）

青年の腕が背中に回され、がむしゃらな力で抱きしめられた。

（あたた……かい……）

たとえこれが幻覚でも、死ぬ前に見る光景なら悪くない。

守るように抱かれた胸のぬくもりに安堵して、すみれはすうっと意識を失った。


次に気がついたのは、知らない部屋の、固いベッドの上だった。

ぼんやりと瞼を開けば、ストーブの上のやかんが、シュンシュンと音を立てて湯気を吐きだしている。

「すみれ！」

すぐ目の前に真白の顔があって、驚いたすみれは、がばっと身を起こした。

「ここは……？」

「スキー場の医務室だよ。上級者コースの吹雪がひどくて、封鎖されちゃって……」

よほど心配だったのか、真白の顔色は青ざめていた。

「探しにいきたかったけど、リフトも止まって……そしたら黎さんがすみれのこと連れてきてくれて、またすぐどこかに行っちゃったんだ」

（そうだわ……黎が突然現れて……）

やはりあれは、現実のことだったのだ。

「どうして上のコースに一人で行ったりしたの？」

真顔になった真白に、すみれは彼の静かな怒りを感じた。

勝手な行動をして迷惑をかけてしまったのだから、当たり前だ。

「ごめんなさい。お昼に手袋を拾った人に、真白くんが先に上のコースに行ってるって言われて……」

「オレが？　行くわけないじゃん！」

「そうなの。よく考えたら見抜ける嘘だったの。本当にごめんなさい、私の不注意で」

必死に謝るすみれの手を、真白が強く握った。

「もう知らないヤツの言うこと、簡単に信じたりしないで。――絶対だよ」

真剣な瞳に呑まれるように、すみれは「はい……」と頷いた。

やっと表情をゆるめた真白が、すみれの上体を抱き寄せる。

「よかった……無事で……」

耳元で囁かれた声はかすれていて、真白がどれだけ心配してくれていたのか伝わった。

（せっかく連れてきてくれたのに、ごめんなさい、真白くん……）

楽しい思い出になるはずだったクリスマスが、自分のせいで台無しになってしまった。

罪悪感が膨れ上がるが、どうにか無事でいられて本当によかったと思う。

（もし黎が来てくれなかったら、今頃どうなってたか――）

だが、家にいるはずの黎が、どうしてあんな場所にいたのだろう？

そう思うと何故だか落ち着かなくて、すみれは真白の肩ごしに、天井へと視線をさまよわせた。

8

大晦日の夕方。

「あ。寒いと思ったら、また降ってきたわ」

風呂掃除をしていたすみれは、換気のために開けた窓を見上げ、独り言を洩らした。

ちらちらと落ちてくる雪を眺めていると、スキー場での出来事が自然と思い出される。

(助けてもらったのに、なかなかあの日のこと言い出せなくて……今日こそ、黎にお礼を言わないと)

浴槽をごしごしと磨きながら、すみれはそう決意した。

あの日、体調が回復するのを待って遅くに帰ったすみれを、黎はいつものように、「おかえりなさいませ」と出迎えた。

まるで、すみれが遭難したことなど、知りもしないような態度で。

自分が助けてやったのだと、恩着せがましいことも一切言わずに。

そんな黎の様子を見ていると、雪山での出来事は、本当に幻だったのかと思えてくる。

だが真白の話では、すみれを抱きかかえて現れたのは、間違いなく黎だと言うし――。

（一人で迷ってたって仕方ないわ。――よし！）

洗剤の泡をシャワーで流し終え、風呂にお湯を張ると、すみれは黎の部屋へ向かった。


「あの、黎……」

「はい」

返事を待って襖を開け、いざ黎と向き合ったすみれは、妙な緊張を覚えた。

「お……お風呂、入れたので、お先にどうぞ。……今日は寒いですから」

（違うじゃない！　言わなくちゃ。『助けてくれてありがとう』って）

わかっているのに、とんでもない迷惑をかけた自覚があるからか、黎の顔をなんだかまっすぐに見られない。

「あ、あの……スキー場、では……」

どうしてこんなに声が裏返ってしまうのだろう。

自分の足先を見つめて口ごもっているすみれに、黎は眉をそびやかした。

「確かに今日は寒いですが……しかし、あなたは寒いのが好きなのでしょう？」

「え？」

「あんな雪山で雪に埋もれていたので、寒いのがお好きなんですよね？」

一瞬ぽかんとしたあと、すみれはとっさに言い返した。

「す……好きなわけないじゃないですか！」

「そうですか。ではただの人騒がせということになりますね」

うっ――と詰まってしまったけれど、こうなったら素直に告げるしかない。

「その節は、危ないところを助けていただいて、ありがとうございました」

「どういたしまして」

黎はさらりと答え、立ちあがった。

「ではお先に、風呂に入らせていただきます」

黎が横を通り過ぎた瞬間、すみれは「えっ」と驚いて振り返った。

ひょっとすると気のせいか、見間違いかもしれない。

だけど今、黎の口元が、かすかにほころんでいたような気がする。

（黎が笑った――？）

滅多に見られない彼の表情に、すみれは思わず意識を奪われた。

だがそのせいで、知りたかったことは知れずじまいになる。

（黎がどうして、あんなにタイミングよく現れたのか、訊けなかったわ……）

クールに見えて過保護なところもある黎だから、心配してついてきてくれたのだろうか。

凍死も覚悟したあの日、抱きしめてくれた黎の腕の中は、とても温かくて。

（――私あのとき、心の底から安心した）

そのことも結局、彼には告げられないままだった。

だが黎とは、この先も一緒に暮らしていくのだから、いつか折を見て言えばいいだろう。

（今年は、本当にいろんなことがあったな……）

母が亡くなって、黎と出会って、六十歳から十七歳に若返って。

もう一度高校に通うようになって、友達ができて、真白と付き合うようにもなって。

（来年もどうか、みんなと楽しく過ごせますように）

胸の中で祈ったすみれは、おせち料理の仕上げをしようと、スリッパをパタパタ鳴らして台所へ向かった。


正月明け。

真白は新年早々、引っ越し屋のアルバイトをしていた。

「荷物、運び終わりました！」

「ごくろーさん。じゃ、車乗って」

先輩に言われ、助手席に乗り込むと、トラックはゆっくりと走り出す。

依頼人の新居へ荷物を搬入し終え、今日の仕事はこれで終わりだった。

「正月早々、シフト入れてくれて助かったよ」

「家にいても、だらだらしちゃうだけなんで。来年は受験だし、今のうちに稼いでおきたいんです」

「おまえのことだから、いい大学行くんだろうなぁ」

「だといいんですけど」

他愛無い会話を交わしているうちに、赤信号でトラックが停まった。

何気なく外を眺めていた真白は、図書館から知り合いが出てくるのを見つけてはっとした。

「あ……ちょっと！　オレ、ここで降ろしてもらっていいですか？　あとは会社戻るだけですよね」

「え？　ああ、いいよ」

先輩の許可を得た真白は、急いでドアを開け、歩道を走り出した。

「――黎さん！」

息を切らして呼びかけると、黒いコート姿の黎が足を止めて振り返った。

思いがけないところで呼び止められたにもかかわらず、その態度は悠然としたものだ。

「こんにちは、真白くん」

「こんにちは。あっ、明けましておめでとうございます」

改まった挨拶をするにしては、引っ越し屋のツナギ姿というのが様にならない。

「バイト、今終わったとこで。こんな格好のままですみませんけど、ちょっと話、できませんか」

「構いませんが」

真白と黎は連れ立って、近くにある公園に向かった。

「この間のスキー場のことなんですけど……」

ベンチに座った真白は、隣の黎に向かって深く頭を下げた。

「すみれさんを危ない目に遭わせて、すみませんでした！」

「いえ……まぁ、無事だったので」

黎の反応は、思った以上に薄かった。

彼はすみれの親戚だと言っていたし、年上だから、両親のいないすみれにとっては、保護者のようなものなのだろうと思っていたのだが。

「あの……どうして黎さん、あの場所にいたのかなって……」

ずっと疑問だったことを、真白はぽつぽつと言葉にしていく。

「すみれさんのこと、心配で来てたんだと思うんですけど。実際、危ない目に遭わせてしまって情けないんですけど……でもわざわざ、あんな遠いところまで、どうしてって不思議で」

「あなたを信用していないので」

言い放たれた言葉に、真白は横っ面をはたかれたような気がした。

「あの人は、ご存知のとおり一人です」

膝の間で指を組み、黎は静かに続けた。

「あの人を守り、裏切らず、この先ずっと愛し続けてほしい――それが、あなたにはできますか？」

「………………」

安請け合いで「はい」と言うには、あまりにも重い問いかけだった。

とっさに怯んでしまった真白に、黎はふと目を見開き、深刻な表情をした。

「……すみません。手を見せてもらってもいいですか？」

「え？　手ですか？」

さっきの話とまるで繋がらない流れに、真白は面食らった。

それでもとりあえず差し出すと、黎は脈を測るように手首を握る。

「最近、体が疲れやすかったりしませんか？」

「いえ、ちょっと風邪気味なくらいで」

「そうですか。では私の気のせいですね」

一体、黎は何が気になったのだろう。

そのことを尋ねる前に、彼はベンチから腰を浮かした。

「それでは、私はそろそろ失礼させてもらいます」

「あ、あの！　黎さん！」

真白は立ちあがり、黎の背中に向かって告げた。

「オレ、ずっと愛するとかわかんないけど……すみれさんのこと、本当に大事に思ってますから！」

公園の出口で、黎は一瞬だけ立ち止まり、振り返った。

距離が遠すぎて、彼がどんな顔をしていたのか、真白の位置からは見えなかった。

冬休みが終わり、三学期が始まった。

新学期早々、担任から「各自、記入して提出すること」とプリントが配られ、すみれは悩んでいた。

「すみれ。進路希望のプリント、もう書いた？」

「ううん、まだ……」

お昼休みの教室で、お弁当を食べながら真白に訊かれ、すみれは首を横に振った。

もうすぐ担任と保護者を含めた三者面談があるのに、自分が何をしたいのか、まだ全然わからない。

（本当は六十歳の私が、いまさら「将来」のことを考えるなんて――）

「進学する気はあるの？」

「私の学力で行ける大学ってあるのかな」

「じゃあ、就職？」

「お仕事？　私にできるお仕事なんて……」

「すみれは大学にも行けるし、就職だってできるよ」

何を訊かれても自信なさげなすみれに、真白が声を強める。

「すみれは真面目だし、いつも一生懸命なんだから。なろうと思えば、なんにだってなれるよ！」

その言葉は、気弱なすみれの心を、ぐんと後押しした。

真白がこんなふうに言ってくれるのなら、自分にも何かの可能性があるのかもしれない。

それから数日間、すみれは自分なりに考えた。

自分の好きなこと。

得意なこと。

時間を忘れて夢中になれること。

そうして迎えた三者面談に、保護者として来てくれたのは黎だった。

すみれが自分から、そうしてほしいと頼んだのだ。

「学校での生活態度は、大変良好です」

放課後の教室。

スーツを着た黎と並んで座りながら、すみれは担任教師の言葉を聞いていた。

担任は、すみれが放課後に図書室で勉強していることや、文化祭のときの頑張りを、しっかり見ていて褒めてくれた。

「ご両親が他界され、今は親戚の方と同居……複雑な家庭環境ではあるようですが……」

書類から顔を上げた担任は、すみれをじっと見つめた。

「如月本人は、将来のことをどう考えてる？　進路希望表は、真っ白なまま提出しているが？」

「私は……」

答えを口にする瞬間、心臓が大きく鼓動を打った。

(私に未来があるなんて、思ってもみなかった。でも……──)

「私は、大学に行きたいです」

進学したい。

でも、やりたいことはそれだけじゃなくて。

「大学に行って……できたら、映画に携わる仕事がしたいです。映画だけはずっと、家の手伝いをしている間も観てましたから……！」

──初めて、自分の夢を言葉にした。

それだけのことにも、とてつもない決意と勇気が必要で、すみれの胸はまだどきどきとせわしなく脈打っていた。

「お家の人のお考えはいかがですか？」

「——彼女の望み通りに」

進路の希望については初耳だったはずなのに、黎は当たり前のようにそう言った。

「なるほど、映画の仕事か。先生も勉強不足だから、次のときまでに調べておくな。おまえの頑張り次第じゃ、地元の国公立大学も充分狙えるぞ、如月」

すみれが自分の意見を告げたことに、担任は嬉しそうな顔をして、面談は終わった。

その日の夜、向かい合って食事をしながら、黎はぽつりと口にした。

「しかし、知りませんでした。あなたが映画監督になりたいとは」

「監督なんて大それたことは、まだわかりませんけど……」

すみれは箸(はし)を止め、微笑(ほほえ)んだ。

「忘れていたんです。若返ってから、あまりにも楽しい毎日で——」

夕食を終えたすみれは、

「ちょっと来てもらえますか」

と黎を自分の部屋に招いた。

押し入れの襖(ふすま)を開け、「よいしょ」と引き出したのは、プラスチックの衣装ケースにぎっしりと詰まったビデオテープだった。

テレビのロードショーを録画したもので、日付とタイトルが几帳面(きちょうめん)な字で書かれている。

「これは……すべて、映画ですか？」

「ええ。六十年生きてきた中での、ささやかな趣味でした。何度も何度も、擦り切れそうになるくらい、繰り返し見てきたんです」

黄ばんだタイトルラベルを、すみれは指先でそっとなぞった。

両親の介護でどこにも出かけられなかったときでも、映画を見れば、外国にも過去にも未来にも行けた。

現実では経験できなかった恋も、得られなかった家族の温かさも、映画を通じて、ほんのひとときでも自分のものになったような気がした。

「映画監督だとか、よくわからないけど。進路の話になったとき、もし私に未来があるのなら、テレビの向こう側だった世界を覗いてみたい！　って。一度そう思ったら、止まらなくなってしまったんです」

「止めなくてもいいではないですか」

黎の口調は、いつもよりずっと柔らかかった。

「受験、頑張ってください」

「ありがとう、黎。私、自分が将来のことを考えられるなんて、思ってもいなかったんです。全部、黎のおかげです」

「いえ、私は何も……未来はすみれ様次第です」

未来。

それはなんて明るくて、希望に満ちた言葉だろう。

六十年を人のために生きて、後悔もしたすみれだからこそ、その尊さが実感できる。

「私、受験勉強頑張ります！」

溌剌と宣言したすみれに、黎は穏やかに微笑んで頷いた。


目指すは、一年後の大学合格。

そう決意してからの日々は、あっと言う間に過ぎていった。

志望校は、芸術・文化コースがある、県内の国立大学に決めた。

苦手な理数系を克服するために、すみれはこれまで以上に勉強に励んだ。

すみれの希望進路を聞いた真白は、心から応援してくれて、放課後遅くまで、図書室での自習に付き合ってくれた。

真白自身は、行きたい学部のある、都心の大学の推薦を受けるつもりらしかった。

それを見据えて一年のときから、定期テストや部活動を頑張ってきたのだという。

『ちょっと離れるけど、都心ならそう遠くないし。会いたくなったら、どんなに遠くても
すみれに会いに行くから』

そう約束してくれた真白とは、まるで運命みたいに、進級しても同じクラスになれた。

三年生の春が過ぎ、夏が過ぎ、また秋が来て、いよいよ十一月。

昼休みの職員室前で、すみれはどきどきしながら真白を待っていた。

彼は今、担任教師から、推薦入試の結果を聞かされているのだ。

（どうしよう、私まで緊張してきた。真白くんなら、きっと大丈夫だと思うけど……）

真白の頑張りがどうか報われますようにと、手に汗握ってしまう。

と、ドアが開いて、小脇に書類封筒を抱えた真白が出てきた。

「どうだった、真白くん!?」

「合格だった……」

「良かった！　おめでとう！」

両手を顔の前で打ち合わせ、すみれは叫んだ。

「お祝いしなきゃね、真白くん！　――……真白くん？」

念願の合格を果たしたというのに、真白の顔色は青ざめていた。

荒い息をついて胸を押さえ、こめかみには汗がにじんでいる。

「真白くん、具合悪いの!?」

「……大丈夫。なんでもないよ」

真白はそう言ったけれど、笑顔を浮かべる余裕もなさそうだった。

「ちょっと保健室寄って、休んでくる。すみれは教室戻ってて」

「そんな。ついていくよ！」

よろめく真白の肩を支えて、すみれは保健室まで付き添った。

結局その日は、彼の家の人が迎えに来たらしく、真白と再び会うことはできなかった。

いつも元気な真白の姿を知っているだけに、すみれは心配でたまらなかった。

(きっとすぐに良くなるよね、真白くん……)


推薦の合格発表の次の日以来、真白は一週間も学校を休み続けていた。

携帯に電話してもメールしても返事はなく、すみれは思い切って、真白の自宅に電話をかけてみることにした。

隣には、事情を聞かされた黎もいてくれる。

「もしもし、夜分遅くにすみません。私、真白くんと同じクラスの如月と申しますが」

『如月さん……？』

「はい、あの。真白くんが学校を休まれているので、どうしたのかと……」

初めて耳にする真白の母親の声は、優しそうだが、少し疲れているようだった。

そうして告げられた内容に、すみれは愕然とする。

「え？　入院した――？」

黎が隣で、大きく息を呑む気配がした。

いつも冷静な彼とも思えない反応に、一瞬気を取られるが、真白の母親はまだ事情を説明し続けてくれている。

やがて会話が終わり、礼を言って電話を切ると、すみれは黎に向き直った。

「真白くんが、具合が悪くて入院したそうなんです。私、明日病院に行ってきます」

「――私も一緒に行きます」

黎の申し出は、すみれにとって意外なものだった。

これまで黎と真白は、それほど親しいようには見えなかったのに。

（でも、黎もいてくれると心強いわ）

どうか真白の状態が深刻なものでないようにと、すみれには祈るしかできなかった。

翌日、すみれは黎と一緒に、市内の大学病院に向かった。

受付で教えてもらった病室の扉をノックすると、

「はい、どうぞ」

と女性の声が返ってきた。

「失礼します」

中は個室で、品の良い中年女性が、ベッド脇で「あら」と目を瞠った。

その口元や鼻筋が、どことなく真白に似ている。

「もしかして、昨日お電話くださった……？」

「あっ、はい。真白くんのクラスメイトの如月と申します。初めまして」

ぺこりと頭を下げると、パジャマ姿でベッドにいた真白が、

「彼女」

と母親に告げた。

「あら、そうなの。いつも勇征がお世話になってます。母です」

息子の彼女の存在を、真白の母は屈託なく受け入れてくれたようだった。

「あの、これ。もし食欲があれば」

「まぁ、ありがとうございます」

お見舞いの果物かごを受け取ると、真白の母は、入り口近くに立ったままの黎を見た。

「そちらの方は？」

「私は彼女の保護者です」

「そうなんですか。……じゃ、勇征。母さんは少し席を外すわね」

「では私も」

真白の母と黎が出ていった病室で、すみれはベッド脇の椅子に腰を下ろした。

「……どう？」

「うん……連絡できなくてごめん。びっくりしたでしょ、急に入院なんて」

真白の喋り方はいつも通りだったが、全体的に痩せたような気がした。

「ううん、私はいいの。それで、どこがどう悪いの？」

「それがよくわかんなくてさ。今、検査してるところなんだ」

「そう……」

「ごめん、心配かけて。すみれ、もうすぐセンター試験じゃん。オレ、大丈夫だからさ。集中して勉強頑張んないと……」

（私があんまり不安になってると、真白くんが気にしちゃう）

自分が大変なときにまで、こっちの心配をしてくれる真白に、すみれは表情をきりりと引き締めた。

「うん！　私も頑張るから。真白くんも早く元気にならないと！」

「本当だね」

ふふっと笑った真白は、すみれの手を引き寄せると、指先に唇をそっと押し当てた。

思いがけない仕種にどきりとしたが、それ以上に気になることがある。

「すみれの手、冷たくて気持ちいいな――」

「ご、ごめんね。冷え性なの」

「知ってる」

（真白くんの手、すごく熱い……）

平気そうに見せていても、きっと具合は良くないのだろう。

年齢の割に大人びた真白でも、内心では心細いはずだ。

いつまでも手を握ったまま離そうとしない彼に、すみれはただ黙って寄り添っていた。

（真白くんのためにできることが、もっと他にもあればいいのに――……）

その頃、黎は真白の母親と連れ立って、病院のロビーに来ていた。

「息子さん、早くよくなるといいですね」

励ましの言葉を口にしながら、黎の心境は複雑だった。

今年の初め、真白と偶然に会ったとき、彼の「気」が翳っているような気がして、手を取って確かめた。

そのときは、単なる気のせいかと思っていたのだが――。

「奥さーん！」

入り口の自動ドアが開き、真白の母に向かって、紙袋を提げた女性が駆け寄ってきた。

「これ、勇征さんの着替え持ってきましたぁ」

「まあ、ありがとう山中さん。助かったわ」

「いいえ。……っ!?」

女性がこっちを振り返り、ぎょっとした顔になる。

驚いたのは、黎のほうも同じだった。

「あら。山中さん、この方とお知り合い？」

「いいえーっ！　全然さっぱり知らない人です！」

白々しく首をぶんぶん振って否定したのは、最近姿を見なくなったと思っていた、雪白だったのだ。

「どういうことだ、雪白」

真白の母親が病室に戻ったあと、黎は雪白を連れて病院の屋上にいた。

干されたシーツやタオルが、冷たい風にばたばたとはためいている。

「実はこの前、真白の家の蔵に忍び込んでな……」

雪白はばつが悪そうに告白した。

すみれに『鍵（かぎ）』となる言葉を言わせて、屏風（びょうぶ）から解放された雪白だが、やはり呪いの解呪は完全なものではなかった。

その報いが雪白にも徐々に現れ、人の意識を操り、惑わす能力が使えなくなってしまったのだという。

「屏風そのものを調べたら、原因がわかるんやないかと蔵に戻ったんや。けど、そこで真白の親父（おやじ）さんに見つかってしもうて」

泥棒だと思われ、警察に突き出されるところだったが、雪山で出会ったことを覚えていた真白が、とっさに「知り合いだ」と庇（かば）ってくれたらしい。

ちょうどそのとき、真白家では家政婦を募集していた。

術が使えなくなり、途方に暮れていた雪白は、ひとまず人間の「山中雪白」として、真白家で働くことになったのだ。

「ではおまえは、彼の病状を詳しく知っているのか?」

「一応は――……」

雪白は、彼女らしくない暗い表情で口を開いた。

ひとしきり話を聞いた黎は、難しい顔になる。

「このことは、すみれ様には知らせるな」

「でも」

「知らせるな。絶対に。――いいな」

念を押すと、よほど厳しい目をしていたのか、雪白はびくりと肩を揺らして頷いた。

それから半月後。

その日は休日だったので、すみれは自室で、英語の問題集に向き合っていた。

真白は相変わらず入院していて、心配で仕方なかったけれど、彼に励まされたとおり、やれるだけのことはやろうと決めたのだ。

　そのとき。

「すみれ！　すみれっ！」

　庭に面したガラス戸がガタガタと鳴った。

　部屋を出たすみれは、久しぶりに会う人物の姿に驚いた。

「雪白さん!?　どうしたんですか。そんなに急いで……」

「勇征がっ。勇征が危ないっ！」

「え？　勇征って真白くんのこと――なんで雪白さんが、真白くんのことを」

「私、あの子の家で家政婦やってるんや」

　真白家で働くようになった経緯を、雪白は手短に説明した。

「それより黎は？」

「黎は今、出かけてて……」

　まさにそのとき、図書館に行っていた黎が、門柱をくぐって庭を抜けてくるのが見えた。

「黎、大変や！」

　雪白が縁側から身を乗り出して叫んだ。

「このままやったら勇征が……あの子、助からんっ！」

雪白の叫びに、すみれの思考は一瞬真っ白になった。

「あれほど言うなと……」

押し殺した黎の呟き(つぶや)が、冷えた風に乗って届いた。

「何を……言ってるんですか?」

自分を除いて、この二人は、一体何を知っているというのだろう。

自分は真白の彼女なのに。

どうしてこの二人が、こんなに青い顔をして――。

「真白くんがどうしたんですか……っ!?」

「今日、正確な検査の結果が出てん」

雪白は気の毒そうに言った。

「何十万に一人だとかいう心臓の病気で……治療のほどこしようがないって。奥さんなんて、ショックで倒れてしまって……」

血の気の引いた顔で、すみれは縁側から庭に降り立った。

その場にあったサンダルをつっかけ、ふらふらと歩いていこうとする。

「すみれ様、どこへ」

「……病院へ……」

真白がそんな大変な病気だなんて、彼に会って確かめるまで信じない。

うつろな目をしたすみれの前に、黎が立ちふさがった。

「あなたは雪白と、この家にいてください。大丈夫です。彼は助かります」

「どういうことですか？」

身を翻した黎の背中に、何かの予感を覚えて、すみれは慌てて呼びかけた。

「だってさっき、雪白さんが治療のほどこしようがないって」

「黎。あんた、もしかして……」

雪白がごくりと息を呑んだ。

「すみれにした時みたいに、自分の生気、勇征にも分け与える気か？　そんなことしたら、あんたが死んでしまうで！」

雪白のせっぱつまった声にも、黎は歩みを止めなかった。

（黎が、自分の生気を……私にしたように、真白くんに……？）

その意味を理解した瞬間、すみれは弾かれたように走り出していた。

「ダメ！　ダメよ、黎……！」

黎の目の前に回り込み、肩を摑んで止める。

「黎。あなたは私を若返らせるために、自分の命を半分私にくれたの？」

無尽蔵(むじんぞう)の魔法か奇跡のようなものだと思っていたけれど、そうではなかった。

自分の命を削る(けず)――黎はそんな危うい代償の上で、『十七歳になって青春をやり直したい』という、すみれの願いを叶えてくれたのだ。

黎は何も言わなかったが、否定をしないことが答えだった。

「だったら二度も、あなたにそんなことさせられない」

すみれは必死に言い募(つの)った。

「私はもう充分、青春を楽しみました。だから、黎が私にくれた生気を、私から真白くんに与えることはできないんですか?」

「できるけど、すみれ……」

近づいてきた雪白が、おずおずと言った。

「そうしたらあんた、元のばーさんに戻ってしまうで」

(元の、六十歳の姿に――……?)

「かま……いません」

すみれは胸の前で手を組み、喉(のど)にひっかかった言葉を押し出した。

「何を言ってるんですか」

ずっと冷静だった黎の瞳に、初めて動揺(どうよう)がよぎった。

「あなたはこれから受験をして、就職をして――」

「いいえ！　いいんです、そんなものは。真白くんを助けられるんなら……！」

若い見た目や、楽しみにしていた大学生活に、未練がないと言えば嘘になる。

けれど。

「高校生になって、友達も好きな人もできました。デートもできたし、勉強したり、クラスメイトと力を合わせて文化祭を乗り切ったり……」

本当にこの一年半は、なんて充実していたのだろう。

「高校生として幸せな時間を、これだけ過ごせたんです。私の願いはもう叶いました！」

「すみれには悪いけど、それしかないで、黎。それで勇征も助かるし、黎も危ない目に遭わんですむ」

雪白が取りなすように言った。

「すみれも元のばーさんに戻るけど、死ぬわけじゃないし。生きてるんやから、まだまだこれからいいことあるって！」

黎は、すみれの覚悟を測るかのように目を細めた。

「本当に、それでいいのですか？　すみれ様……」

「――はい」

頷いたすみれに、もう迷いはなかった。


その日の深夜、零時前。

「ではそろそろ行きますか」

すみれは、黎と雪白と一緒に、呼び出したタクシーに乗り込んだ。

助手席に座った黎が、後部座席のすみれを振り返る。

「どうしたのですか、その服は？」

「キレイな服やな」

雪白もまじまじと見つめたのは、すみれの着るワンピースだった。

胸元に切り返しの入ったデザインで、愛らしい小花模様の散った新しい服だ。

「大学に合格したら、この服で真白くんとデートしようと思って買ったんです。こんな可愛い服は、もう着る機会がないと思って……——すみません。気にしないでください」

雪白が痛ましげな表情をしたので、すみれは慌てて窓の外に顔を向けた。

覚悟は決まっていても、まだ平気には笑えない。

やがて病院に辿り着くと、すみれたちは非常口からこっそりと中に入った。

面会時間はとっくに過ぎているから、見回りの看護師に見つからないよう、足音を殺して暗い廊下を歩いていく。

階段の踊り場に差しかかったとき、すみれはずっと気になっていたことを黎に尋ねた。

「それで、あの……生気を分け与えるというのは、どうやったらいいんですか？」

「できる限り、体中の気を、胸の中心に集めるようにしてください」

「気を胸の中心に……？」

よくわからなかったが、胸を押さえてすうっと深呼吸してみる。

「そうです。そしてその気を、真白くんに口移しで与えてください」

（――え？）

すみれは息を止めて顔を上げた。

「……聞き間違いですか？　口移しで、と聞こえたんですけど……」

「聞き間違いではないです。――すみれ様、まだ真白くんと口づけをしていないのですか？」

黎のほうが、意外そうに目を見開いていた。

訊かれたすみれは、頰を赤くして黙り込む。

そういう雰囲気になったことがなかったわけではないが、すみれがためらう気配を見せると、優しい真白はいつも引いてくれた。

いつか心が決まったらと思っていたが、まさかこんなことになるなんて――。

「すみれ、すみれ。大丈夫や、今なら誰もおらんで」

一番の難所であるナースセンターの手前で、声をひそめた雪白が手招く。

そうしていよいよ真白の病室の前まで来ると、部屋の外で待っているという二人を残して、すみれは中に足を踏み入れた。


月明かりの差し込む病室は、別世界のように静かだった。

真白はベッドの上で眠っていて、点滴に繋がれていた。

半月ぶりに目にするその姿は、以前よりずっとやつれていて、すみれの瞳からぽろりと涙がこぼれた。

カツ――と靴音を鳴らし、一歩ずつ、ゆっくりと真白に近づいていく。

布団の上に投げ出された手をすくいあげると、すみれは心からの想いを込めて囁いた。

「真白くん。――大好き」

彼と過ごした日々の記憶が、次々に蘇ってくる。

観覧車の中で、交際を申し込まれたこと。

文化祭の夜に、付き合っていることをみんなの前で宣言してくれたこと。

一緒に長野へ行って、スノボを教えてもらったこと。

どれもこれも、六十年生きてきた人生の中で、初めてのことばかりだった。

(このワンピースを着た姿も、見て欲しかったな……)

真白ならきっと「可愛い」と笑って褒めてくれた。

だけどもう、そんなことは望めないから。

(私のことを、好きになってくれてありがとう。真白くんの隣にいるときの私は、いつも幸せに包まれてたよ)

すっ――と息を吸い、すみれは意を決して身を屈めた。

真白の頬に手を添え、唇を重ね、吐息を吹き込むように『気』を注ぐ。

自分の中から、光と活力に満ちた『何か』が急速に失われ、真白に流れ込んでいくのを感じた。

(お別れだね、真白くん――……)

最初で最後の恋人とのキスは、甘いものではなく、ただひたすらに切なかった。

寄り添い合った二人のシルエットを、月だけが青白く照らしていた――……。

9

一週間後。

「真白(ましろ)、久しぶり！　大丈夫だったのかよ、おまえーっ！」

教室に足を踏み入れた真白は、わらわらと集まってくるクラスメイト相手に、「おす！」と手を上げて答えた。

「元気そうじゃんか、どうしてたんだよ」

「重病だって聞いてたんだぞ」

「それがこの通り、元気なんだよ。医者も、奇跡が起こったとしか思えないって言ってて」

ある朝、急に体が楽になったと思ったら、胸の痛みはきれいさっぱり消えていたのだ。

驚く医者が様々な検査をした結果、理由はわからないが、真白の体はまったくの健康体だと太鼓判(たいこばん)を押してくれた。

（すみれが病室に来てくれたような気がする……だけどあれは、夢だったのかな）

急に連絡の取れなくなったすみれのことが、真白は気になっていた。

クラスメイトに訊いても、今週に入ってから顔を見ていないという。

センター試験が近いから、家で集中して勉強している可能性もある。

だが真白は、なんだか嫌な予感を覚えて、放課後になるとすみれの家に向かった。

インターホンを鳴らすと、出てきたのは黎だった。

「あの、すみれさんいますか？　ずっと連絡が取れなくて……」

黎は後ろ手にぴしゃりと引き戸を閉めた。

「すみれ様はお会いになりません。どうかお引き取りを」

冷ややかな物言いに、真白は息を呑んだ。

「……どういう意味ですか？」

「言葉通りの意味です。今はお会いしたくないと」

「今はって……いるんですか？　彼女」

真白は、中のすみれに呼びかけるように声を張った。

「すみれ！　どうしたの？　どこか具合でも悪いの!?」

「今は会えぬと言っているでしょう」

何人たりとも通すまいというように、黎が目の前に立ちふさがる。

「もう少し、待ってはいただけませんか。すみれ様の気持ちが落ち着くまで」

「ちょっと……！」

納得いく説明のないまま、黎は家の中に戻ってしまった。

鍵をかけられたわけではなかったけれど、黎の真摯な眼差しを思いだすと、どうしても強引には踏み込めなくて。

「すみれ……」

戸口を叩こうとした手を、真白は力なく下ろした。


「お客さん、誰でした？」

黎が居間に戻ると、すみれが洗濯物を畳みながら顔を上げた。

もう一週間にもなるのに、彼女の今の顔を見ると、黎は言葉に詰まってしまう。

白髪が混ざったボリュームのない髪。

みずみずしさを失い、筋の浮いた手足。

――すみれは、出会ったときの六十歳の外見に戻っていた。

真白に生気を分け与えたせいで、若返った姿を保つことができなくなったのだ。

本当なら「澄（すみ）」と呼ぶべきなのかもしれないが、習慣が抜けなくて、黎はいまだに「すみれ様」と呼びかけていた。

「――真白くんでした」

訪問者の名を告げると、すみれの手からタオルがぱさりと落ちた。

すぐに畳みなおそうとするが、動揺（どうよう）しているのは明らかだ。

「そ、そうですか……私がまだ何も連絡してないから……」

「帰っていただきました。出過ぎた真似（まね）をしたなら、すみません」

「いえ……あ、今日の夕飯、何がいいですか？」

努（つと）めて何気なく振る舞おうとするすみれに、黎は話を合わせた。

「そうですね。今日も寒いので、あのこんがりとソースに焦げ目のついた……」

「ポテトグラタンですね。牛乳あったかしら」

「手伝いますよ」

台所に向かうすみれに、黎はついていった。

「黎、お料理したことあるんですか？」

「ないですが、なんとかなるでしょう」

じゃがいもにごりごりと包丁の先端を突き立てると、危なっかしく見えたのか、すみれが慌てて取り上げた。

「それは私がやるんで、黎は小麦粉を取ってください。そこの戸棚（とだな）の下ですから」

「わかりました」

しゃがみこんで戸棚の下段を空けると、調味料の瓶（びん）の後ろに、何故かレースのハンカチが隠されていた。

そっと開いてみると、中には携帯電話とハートのペンダントが包まれていた。

「あ！　こ、これは、ちょっと……」

すみれが慌てて、ハンカチごとエプロンのポケットにしまう。

黎がじっと見つめていると、すみれは気まずそうに言った。

「おかしいでしょ……こんな、先延ばしにして……早く真白くんに、お別れを言わなきゃいけないのに。自分で決めたことなんだから……」

うん、とすみれは小さく頷（うなず）いた。

「決めた！　今日電話して、真白くんと話します」

「……そうですか」

空元気（からげんき）を出すように笑うすみれに、黎はそれ以外、何も言えなかった。

その晩、お茶を飲みにダイニングに降りていった真白は、豆大福をぱくついている家政婦の雪白とかち合った。

「お茶ですか、勇征さん。言ってくれたら持っていったのに」

「うん……」

「どうしたんです？　どこかまた具合でも？」

浮かない顔の真白に、雪白は心配そうだ。

スキー場で出会ったときは、妙なことを言う女性だと思ったけれど、いざ人となりを知ってみると、彼女は案外面倒見がいい。

「あのさ……女の人が会いたくないって言うのは、大抵の場合は、気持ちがなくなったってことだよね」

「あー……彼女のことですか？　そりゃ、あれですよ。そっとしといたほうがいいです。気持ちの整理もなかなかつかんやろうし、会いたくても会えへんやろうし……あっ！」

失言した、とばかりに口を押さえる雪白に、真白は眉をひそめた。

「どういうこと？　すみれに何があったか知ってるの？」

「あっ、いや、なんていうか……」

たじたじとなった雪白は、やがて追い詰められたようにぼそっと言った。

「勇征さん。病気治ったこと、彼女に感謝したほうがいいと思う……」

「え？」

訊き返した瞬間、ポケットで携帯が震えた。着信者の名を見ると、すみれだ。

真白は急いで自分の部屋に戻り、ドアを閉めた。

「もしもしっ、すみれ!?　良かった……連絡があって」

『……うん。ごめんね』

「ちょっと声が変わったね。風邪(かぜ)ひいたの？」

久しぶりに聞くすみれの声は、なんだかしわがれているようだった。

「すみれ。オレ、退院したんだ。それで、夢かと思ってたんだけど……夜中に病室に来てくれた？」

『ううん。知らないよ』

少しの間を空けて、すみれは言った。

『……私ね。真白くんに言わなきゃいけないことがあるの』

「何？」

『真白くんとお別れをしたいの』
——真白は、とっさに言葉を失った。
『……ごめんね』
「何を……なんで!?　オレ、何かした？」
いきなり別れを告げられても納得できない。
だって自分たちは、あんなにもうまくいっていたのに。
『私はもう、真白くんにふさわしくないから』
「そんなこと勝手に決めないで！　本当に、オレにとってすみれは」
『私、ほんとはね』
すみれがすうっと息を吸う音が聞こえた。
『本当は、六十のおばーちゃんなの……！』

（え——……？）
真空の中に投げ込まれたように、真白の周りから音が消えた。
かすかに震えるすみれの声だけが、受話器ごしに響いてくる。

『今まで言えなくてごめんなさい』

「どうして、そんな嘘……」

『嘘じゃないの。黎の不思議な力で、私は六十歳から十七歳に若返ってたの』

「嘘だろ、そんな……！」

言いかけて、真白ははっと黙り込んだ。

——思えば、妙なことはいろいろあった。

『あのばーさん、はやいとこ幸せにしてくれんと』と、出会い頭に言ってきた雪白。

リフトが止まったスキー場で、誰も入れないはずの雪山から、黎がすみれを助け出したこと。

デートのときも、すみれはなかなかおごらせてくれなかったし、家事にまつわることは、普通の女子高生とも思えないくらいに手馴れていた。

『今まで本当に……ありがとう、真白くん』

「すみれっ！」

呼びかけもむなしく、ぷつんと電話が切れた。

（そんな……夢みたいな……）

呆然とする真白の脳裏に、さっきの雪白の言葉が浮かぶ。

『勇征さん。病気治ったこと、彼女に感謝したほうがいいと思う……』

（もしかして俺が治ったことと、すみれの状況には、何か関係があるのか――？）

「……山中さんっ！」

いてもたってもいられず、真白は再び階段を駆け下りると、雪白に詰め寄った。

「お願いだから教えてくれ！　すみれに一体、何が起きてるんだ……!?」


その夜、布団に入ったすみれは眠れなかった。

真白に一方的に別れを告げて、電話を切ってしまった。

本当は、直接会って話さなければいけないことだったのに。

彼はあんなにもたくさんの幸せを自分にくれたのに――……。

仰向けになって顔を覆ったそのとき、インターホンが繰り返し鳴らされた。

ドンドンドン！　と入り口を拳で叩くような音もする。

（今は真夜中よ。でも――……）

予感を覚えて、寝間着の浴衣姿のまま、すみれは廊下に出た。

やはり起き出してきたらしい黎が、「見てきます」と先に玄関に向かう。

「すみれっ！　会って話したいんだ！」

「真白くん――……」

聞こえた声は間違いなく、彼のものだった。

「電話じゃなくて、人から聞いた話でもなくて、オレとすみれの間に何が起こってるのか、ちゃんと会って確かめたいんだ……！」

「すみれ様」

どうするのかというように、黎がすみれを見る。

「……会います。着替えてきます」

こんな時間にわざわざ訪ねてきた真白を追い返せない。

真白のためにも、自分のためにも、けじめはきっちりつけるべきだ。

セーターとスカートに着替えたすみれは、意を決して玄関の戸を開けた。

「すみ、れ……――？」

現れたすみれの姿を見るなり、真白は目を見開き、わずかに後ずさった。

その動きは無意識のものだったのだろうが、すみれはやはりつらかった。

「ごめんね……びっくりするよね。こんなおばーちゃんの姿で……」

すみれは曖昧(あいまい)な笑みを浮かべ、うつむきがちに喋(しゃべ)った。

必死で話していないと、涙がこぼれそうだ。

「でも……これが、本来の姿で……」

その手を真白がふいに摑んで、目の前に引き上げる。

「本当に、すみれ……？」

「……うん」

皺だらけのかさついた手と、真白の張りのある若々しい手とでは、あまりにも不釣り合いだった。

「どう……して……っ」

すみれの手を潰れそうなほど強く握り、真白が顔を伏せた。

その肩が、堪え切れないように細かく震えていた。

「山中さんが言ってた……すみれは、オレを病気から救うために、若さを失ったんだって……」

「すみれ様は、あなたが助からないと聞いて、自分の生気を――」

「そんなことしてほしくなかった！」

横から言った黎に、真白は癇癪を起こしたように叫んだ。

だがすぐに、そんな自分を恥じるように、

「……ごめん」

と唇を嚙む。

自分の出番ではないと遠慮したのか、黎は家の中に戻っていった。

二人きりになると、真白は前髪を搔き乱し、呻くように言った。

「ごめん。オレも、わけがわからなくて……すみれにも、未来はあったのに……っ」

まだ二十年足らずの人生しか生きていない真白にとって、こんな混乱は初めてのことなのだろう。

「真白くん……あのね」

うなだれた真白のつむじを見ながら、すみれはそっと言った。

「私、真白くんといると、初めてのことがたくさん経験できた。遊園地も、スノボも、メールも、バス停で暗くなるまでお喋りするのも……」

きっと真白にとっては、他愛もないことばかりだったはずだ。

だけどそのひとつひとつが、すみれには一生忘れられない宝物だった。

「真白くんは誠実で、優しくて……大切にされると、こんなに心が温かくなるんだって知ることができた。私、すごく幸せだった」

「すみれ……」

「だから私、自分のしたことを後悔してないの。真白くんに恋をしたことも、恋をした人のために、元の姿に戻ったことも」

　たった一年半の短い時間だった。——それでも。

「私、自分の気持ちに正直に生きられたから！」

　曇りのない笑顔で言い切ったすみれに、真白は黙って拳を固めた。

　すみれの覚悟に置き去りにされたことに、傷ついているような目をしていた。

「ありがとう、真白くん——」

　彼に背を向け、家の中に戻ろうとすると、がっと手首を掴まれた。

　泣き出しそうに表情を歪めた真白が、すみれを無言で引き止めていた。

（ごめんなさい……——）

　こんなおばあちゃんと一緒にいたら、真白が周りから変に思われる。

　これ以上、どうあっても二人での未来は描けない。

　すみれは真白の指に手をかけ、柔らかく引き剥がした。

　彼もそれ以上、どうしていいのかわからないように、顔を背けて立ち尽くしていた。

　家に入った瞬間、すみれは框のところで足をひっかけ、ガタッと転んだ。

「いたた……」

「大丈夫ですか？」

待っていた黎がすかさずしゃがみこみ、体を支えてくれる。

「やだわ、もう。若い体のときみたいに、足が思うようにあがらなくて……」

すみれは苦笑し、立ちあがった。

「真白くんとはお別れしてきました」

「――一人で泣くのですか」

背後から問いかけられ、すみれは廊下の途中で足を止めた。

「我慢をしなくていい。……あなたは頑張りました」

「っ――……！」

すみれは振り返らなかったし、黎の肩にすがることもしなかった。

ただ立ち尽くしたまま、涙があとからあとから溢れて、子供のように声を上げて泣いた。

（真白くんの前では我慢できたのに、どうして……――）

どうして黎の前だと、こんなに泣いてしまうのか。

人生で初めての恋が終わった悲しさと、真白への申し訳なさのすべてを涙に変えて、すみれは声が涸れるまで泣き続けた。

何があろうと日々は過ぎ、今年もクリスマスイブがやってきた。

「今日はごちそう作ろうかしら」

青空の下、庭に干した布団をパンパンと叩きながら、すみれはそう呟いた。

真白と別れた心の傷は、まだ癒えていない。

スノボに行ったあの日からちょうど一年が過ぎたのだと思うと、胸がちりっと痛む。

「如月すみれさんに書留でーす」

「あ……はーい！」

落ち込みそうになるところに、ちょうどよく郵便配達員が来た。

玄関に回ったすみれは、受け取ったハガキを見て、思わず立ちすくんだ。

すみれが志望校にしていた、大学の受験票だ。

（でももう、諦めなくちゃね……）

届いた受験票を、すみれは居間のくずかごに捨てた。

この姿に戻ってからは、学校にも行っていないし、いずれ退学の手続きもしなければいけないだろう。

「ねえ、黎。私、何か楽しいこと見つけなきゃね」

居間で新聞を読んでいた黎に、すみれは話しかけた。

「旅行にでも行ってみようかしら。温泉とか行ったことないし……貯蓄が足りなくなったら、パートに出ればいいいし。私でもまだ雇ってくれるところあるんじゃないかしら」

（先のことは自分で決めなくちゃ）

そう思えるようになっただけでも、以前の引っ込み思案な「澄」から、少しは変われているのかもしれない。

黎はばさりと新聞を畳むと、立ちあがった。

「今日は出かけます。夕方には戻ります」

行き先が図書館ならそう言うはずなのに、何も言わなかったということは、雪白とでも会うのだろうか。

（そうよね。今日はクリスマスイブだから、普通は恋人と過ごす日だもの……）

そう思っていたすみれはしかし、予想が外れたことを知る。

「こんちはー。あー、重たーい！」

黎と入れ違いのように、大量の荷物を抱えた雪白が訪ねてきたのだ。

ずかずかと家にあがってきた雪白は、保冷バッグの中から、いくつもの密閉容器を出して積み上げていく。

中身はローストチキンやエビフライ、彩りのきれいなサラダなど、クリスマスらしいパーティー向けの料理だ。

「どうしたんですか、これ」

「勇征さんが持ってけって。いっぱいあるから、お裾分けや」

真白の名前を聞いて、すみれはどきりとした。

あれから黎との間でも、真白との話題は口に出さないようにしていた。

だが、雪白を前にすると、どうしても尋ねずにはいられない。

「……真白くんは元気ですか？」

「結構元気にしてるで」

「そうですか！」

胸の奥が、安堵にふわっと温かくなった。

「年明けたら、テニスの練習行くって言うてたし。春から一人暮らしするから、部屋の見学にも行くって」

（真白くん、前に進んでいるんだわ……よかった——）

自分とのことを忘れられたような寂しさも少しはあるが、それ以上に、真白が真白らしく生きてくれることが嬉しい。

「あ、そうや。手紙預かってるんやった」

「私に？」

雪白が差し出したのは、可愛（かわい）いリースの絵が描かれたクリスマスカードだった。

そっと開いてみると、中には真白の字で、短い言葉が書かれていた。

『すみれ　ありがとう』――と。

（あんなに混乱させて、勝手なことばかり言った私に……）

すみれの瞳に、流し尽くしたはずの涙がまたにじんだ。

つらい思いをして、たくさん悩んだだろう真白が、最後にこの言葉を選んでくれたのだと思うと、胸がいっぱいになった。

「じゃあ、そろそろ帰るわ」

すみれが泣きやむまで付き添ってくれたあと、雪白は荷物をまとめ始めた。

「黎に会わないんですか？　せっかくのクリスマスだし、夕ごはんを一緒に……」

「ええよ。別に会わんでも。だって私、もう黎には振られとるし」

「え……？」

二人はまだ付き合っているものだと思っていたすみれは、自分のことのようにショックを受けた。

「私な。妖力がなくなって、すっかり人間になってしまったみたいなん。真白の家の蔵にあった屛風も、いつのまにか消えとったし……だから黎との間に、一族の子残す意味ななっててん」

「そうだったんですか……」

「黎のことは嫌いじゃないけど、まあ意地張って結婚することないかなーって」

肩をすくめる雪白は、本当にもう吹っ切っているようだった。

「それに、自分じゃ気づいてないかもしれんけど、黎は――……」

雪白はふっと口をつぐみ、もの言いたげにすみれを見つめた。

「……まあええわ！　そういうこっちゃから、これから黎のことよろしく頼むわ」

「待ってください、雪白さん！　これ、持っていってください」

帰ろうとする雪白に、すみれは慌てて、作りおいていたおはぎを詰めて渡した。

「気が向いたらいつでも、世間話しに会いに来てくださいね」

雪白がふっと柔らかく笑った。

「ありがとう。また来るわ！」

手を振って帰る雪白を見送りながら、すみれは複雑な心境だった。

彼女と婚約を解消していたことを、どうして黎は教えてくれなかったのだろう。

彼はいつもすみれを見守ってくれるけれど、自分のことは何も話さない。

（クリスマスケーキ、作ろうかな……洋菓子はあんまり得意じゃないけど、黎は甘いものが好きだから）

自分にはそれくらいしかできないけれど、黎が少しでも喜んでくれればいいと思った。


数時間後。

「ただいま帰りました。……すみれ様？」

帰宅した黎に台所を覗（のぞ）かれ、すみれはびくっと背中を揺らした。

「ちょっ……ちょっと、今こっちに来ないでください」

「何をしているのです？」

「ダメです、ダメです！」

黎の視界を遮（さえぎ）るように、テーブルを体で庇（かば）う。

だが長身の黎は、すみれの肩ごしに、ひょいと「それ」を覗いてしまった。

「ほう……これは、ずいぶんと雪崩（なだれ）が起こったケーキですね」

苺（いちご）ロールのつもりで作ったケーキに容赦（ようしゃ）ない評価を下され、すみれはしゅんと肩を落とした。

　スポンジはうまく巻けなくて折れてしまったし、生クリームは泡立てが甘かったのか、どろどろと流れ落ちてしまっている。

「洋菓子は難しくて……」

　はぁっと溜め息をつくすみれに、黎がふっと笑い、コートのポケットからリボンのかかった小さな包みを取り出した。

「これはクリスマスプレゼントです」

「……え？」

　突然のことに驚いていると、黎は着替えに行くと言っていなくなってしまった。

（これ、開けていいのかしら？）

　ガサガサと包装紙を解くと、出てきたのはパステルカラーのバレッタだった。

　今のすみれが身につけるには、可愛らしすぎるデザインだ。

（こんな、若い子がつけるような――……）

　どういうつもりなのだろうと戸惑っていると、着替えた黎が戻ってきた。

　その姿に、すみれは目を瞬かせる。

「どうしたんですか。その着物、私が去年縫ったクリスマスプレゼントの――」

黎が着ていたのは、これまで一度も袖を通してくれなかった、すみれが仕立てた着物だったのだ。

「てっきり、気に入らなかったんだと思ってたのに……」

「着たら汚れるじゃないですか」

黎は着物に視線を落とし、何気なく袖口を引き上げた。

その仕種に骨ばった手首が覗いて、すみれは思わず目を奪われた。

今まで意識したことがなかったけれど、黎はずいぶん男らしい体格をしている。

「そ、そうですか……このバレッタ、ありがとうございます。すぐにごはんにしますね」

なんだか変な空気になりそうで、すみれはそそくさと夕食の支度を始めた。

とはいっても、ほとんど雪白が持ってきてくれた料理を並べるだけだ。

「ずいぶん張り切って作ったんですね」

いつになく豪勢な食卓に、黎も感心している。

「このお料理、真白くんがくれたんです。雪白さんが昼間に届けてくれて……真白くん、元気に過ごしてるみたいでした」

「そうですか。それは安心ですね」

シャンパンでささやかに乾杯したあと、二人は向かいあって食事を始めた。

しばらく無言の時間が流れたが、すみれは思い切って口を開いた。

「あの……私、全然知らなくて。黎と雪白さんのこと」

「……ああ」

黎は上の空のような相槌を打った。

「私、そんなに気のきいたこと言えないかもしれないけど、なんでも言ってくださいね。つらいこととか、大変なことがあったとき、話すことで楽になったりするから」

お節介を承知で言葉を重ねると、

「……ありがとうございます」

黎はわずかに目を伏せた。

「雪白と私は、一族で取り決めた許嫁でした。一族の意に添えず、今は申し訳なかったと思っているところです」

「その『一族』というのは――……？」

謎の多い黎が、初めて自分の話をしてくれた。

もっと詳しく知りたかったのに、黎は唐突に話題を変えた。

「そういえば、すみれ様の作ったケーキはどうしたのです？」

「え？　あれ、食べるんですか!?」

「食べますよ。せっかくすみれ様が作ったのに」

「でもこれだけ料理食べたら、おなかいっぱいでしょ？」

「半分に切ってください」

「半分も!?　おなか壊しても知りませんよ？」

妙な執着を見せる黎に、すみれはしぶしぶ失敗作のケーキを切って出した。

でろでろにクリームの溶けたケーキを、黎は顎に手をあてて、しみじみと鑑賞した。

「うーむ……あれですね、芸術的というか、前衛的というか……」

「無理に褒めてくれなくていいですよ！」

フォークで切り分けたケーキを、黎は優雅に口に運んだ。

きっと辛辣な感想が出てくるに違いないと、すみれは身構えた。

だが。

「美味しいですよ」

返ってきたのはシンプルな言葉と、嘘のない微笑みだった。

呆気にとられるすみれの見守る中、黎はケーキをきれいに平らげ、

「ごちそうさまでした」

と静かにフォークを置いた。

就寝前。

浴衣(ゆかた)に着替えたすみれは、黎のくれたバレッタを、ランプの明かりに透かして見つめていた。

（こんな可愛いクリスマスプレゼントを……）

今の自分には似合わないけれど、仏頂面(ぶっちょうづら)の黎が、女の子向けのお店に入って選んだ光景を想像すると笑みがこぼれる。

真白からのカードと一緒に机に並べ、すみれは明かりを消して布団に入った。

今夜は久しぶりに穏やかな気持ちで眠れそうだ。

（そういえば『一族』について訊かれたとき、黎、言いたくなさそうだったな……）

天井を見つめながら、すみれは夕食時のやりとりを思いだした。

彼が話したくないのなら、それでいい。

自分にとっては、黎が何者だって構わない。

黎は黎だ。

奇妙な経緯で一緒に暮らすことにはなったけれど、今はすみれの大切な――……。

（家族？　保護者？　でも私のほうが見た目はずっと年上なのに、保護者は変ね……）

「すみれ様」

ふいに襖の向こうから名を呼ばれ、すみれはぱっと身を起こした。

ちょうど黎のことを考えていたところだったから、なんだか妙に焦ってしまう。

「はっ……はい。どうしたんです？」

「起きていますか？」

「あの、ちょっと待って……──」

浴衣の上から半纏を羽織ろうとしたとき、襖が横に開いた。

端然と片膝をついた、着物姿の黎がそこにいた。

美しい姿勢に思わず魅入られていると、黎はすっと距離を詰め、前置きもなく言った。

「あなたの子供の頃を知っています」

「どうしたんですか、急に……」

「屏風の中で見ていました」

まだ小学生のすみれが、父親に命じられて廊下の拭き掃除をしていたのを、和室に置かれた屏風の中から、黎は眺めていたのだという。

「あなたは本当に気の弱い子供で、遊びに行きたいと親に言えず、いつも一人でめそめそと泣いていた――」
　だから黎は、思わず声を上げてしまった。

――泣くくらいなら、自分の力で周りを変えぬか、愚か者！


「あっ……」

　すみれははっと口元を押さえた。

（思い出したわ……知らない声がして、屏風の猫の目がぎろっと動いて。それが怖くて私、お母さんに泣きついたんだ）

　すっかり忘れていた記憶が、鮮やかに蘇（よみがえ）ってくる。

　母はすみれの話を信じたわけではなかっただろうが、娘がそんなにも泣くのならと、屏風を納戸（なんど）にしまったのだ。

　それから、長い月日が流れて――。

「その次に屏風が開かれたときには、あなたは六十歳になっていました」

　今夜の黎は、いつになく饒舌（じょうぜつ）だった。

「真白くんのために元の姿に戻って、明るく振る舞うあなたを見て、気づいたのです。屏風の呪縛を解くためなどではなく——私があなたの幸せな姿を見たかったのだと」

黎が身を乗り出し、すみれの肩を摑んだ。

覚悟を宿した黒い瞳に、驚くすみれの姿が映り込んでいた。


「あなたをもう一度若返らせます」


告げられた言葉に、すみれは思わず耳を疑った。

「何を……言ってるんですか」

喉が渇いて、言葉がなかなか出てこない。

「そんなことをしたら、黎が死んでしまうって、雪白さんが……」

「死ぬかどうかはわかりません。生気のすべてを人に与えた者など、今までいなかったので」

だから大丈夫だなどと、保証できるものではない。

「自分の部屋に戻ってください」

言っても動こうとしない黎に、すみれは声を荒らげた。

「出て行ってください。自分の体をもっといたわってください！」

すみれを「主」と呼び、本気の命令には逆らわない黎が、このときだけは従わなかった。後ずさるすみれを追い詰めて、長い腕で閉じ込めるように抱き締める。

「やめてください……黎っ！」

必死で暴れても、六十歳の体では――たとえ若くてもすみれの力では、男の本気に敵うわけがなかった。

黎の手が、すみれの細い手首を強く掴み、後頭部を引き寄せる。

「ダメ！　お願い！」

最後に見た黎の瞳は、どこまでも静かな決意を湛えていた。

端整な白い顔が近づいて、焦点がぼやけるくらいに近くなって。

「れい――……っ」

ダメだ――と繰り返した言葉は、声にならないまま、重なった黎の唇に吸い込まれた。

代わりに熱い力が雪崩れ込んできて、すみれは無我夢中で抗う。

黎の体を押し返そうとすると彼の着物がはだけ、露わになった肩の輪郭が、黒い粒子をサラサラと零して崩れていった。

（黎が、消えちゃう……――嫌……！）

ずっとずっと黎だけは、そばにいてくれると思っていた。

『六十なら六十の老婆らしく、胸を張って厚かましく生きろ！』

あの言葉に、自分はどれだけ勇気づけられたか。

『すみれ様はのろまで、恋に向いていないのかもしれませんね』

わかりにくい優しさだったけれど、黎はいつでもすみれの味方でいてくれた。

『たくさんの人が幸せになれる場所だというので』

遊園地へ行きたがった黎の気持ちは、すみれと同じだった。

彼だってきっと心のどこかでは、自分の幸せを求めていた――。

（黎……お願い、いなくならないで……）

たくさんの黎との思い出が溢れて、意識を呑み込んでいった。

必死に願うすみれの指が、黎の着物の衿を握り締め――やがて力を失い、ぱたりと畳の上に落ちた。


次に目を覚ましたとき、あたりはすっかり明るくなっていた。

「黎……？」

気を失う前の出来事を一気に思い出して、焦燥感が膨れあがる。

「黎！　黎っ！」

家中を駆け回って探したが、黎はいない。

洗面所にも飛び込んだすみれは、はっと息を呑んで立ち尽くした。

半ば予感はできていた——だけど、当たってほしくはなかった。

鏡に映る自分は、再び若い頃の姿に戻っていたのだ。

ミャア——と飼い猫のじゅりが、いつものように足元にすり寄ってきた。

「じゅりちゃん、黎は？　どこにいるの？」

じゅりはトコトコと歩いていって、玄関ですみれを振り返った。

戸が開いたままになっていて、庭に出たすみれは、黎の藍色の着物が地面に落ちているのを見つけた。

「黎っ……！」

夜露に濡れた着物を抱え、すみれは裸足のまま駆けだした。

もしも巨大な黒猫の姿に戻ってしまったのなら、人目にある場所に行くはずがないと、裏山の草木を掻き分けて探す。

「黎……黎——っ！」

どれだけ探しても、名前を呼んでも、黎は見つからなかった。

一旦家に戻ったすみれは、藁にもすがる思いで、真白の家に電話をかけた。

電話に出たのは幸いにも雪白で、事情を話すとすぐに飛んできてくれた。

「黎がおらんようになったって!?」

「どこを探してもいなくって……私を若返らせてくれようとして……っ」

「――無茶したな、黎のやつ」

雪白は眉間に皺を寄せた。

「黎は無事なんですか、雪白さん?」

「私にもわからん……けど、そや！　屏風は？　黎が閉じ込められてた屏風！」

それを聞いたすみれは、雪白と一緒に急いで納戸に向かった。

一度は自室に飾っていたのだが、いつの間にか、黎が片づけてしまっていたのだ。

久しぶりに開いた屏風は、カキツバタだけが描かれていて、黒猫の姿は消えたままだ。

「なんともなってへんな……私が人間になってしまったとき、私のほうの屏風は真白家から消えてたのに……」

雪白が考え考え、口にした。

「私の想像やけど、私らに何か起きたときは、屏風にも変化があると思うねん。黎の屏風はなんも変わってないから、黎の身にも大きな変化はないいんと違うかな……」

（そうだったらいい。黎が無事だって、信じたい――）

すべての始まりになった屏風に手を這わせ、すみれは懸命に祈った。

「他に、黎の残していったもんはないの？」

「部屋には本ばっかりで……」

念のため案内すると、雪白がはっとした様子で、机の前にしゃがみこんだ。

「すみれ！　これ、黎の机の上に」

手渡されたものを受け取り、すみれは呆然とした。

それはすみれがくずかごに捨てたはずの、大学の受験票だったのだ。

（どうして取っておいてくれたの？　まさか、黎はずっとこうするつもりで……？）

昨夜の黎の言葉が、耳の奥に蘇ってくる。

『気づいたのです。屏風の呪縛を解くためなどではなく――私があなたの幸せな姿を見たかったのだと』

黎の想いが、優しさが、体中をとくとくと満たしていくようだった。

彼の願いが本当に、すみれの幸せを見届けることだったなら――。

「雪白さん……私、受験します」

顔を上げてきっぱりと言ったすみれに、雪白は驚いたようだった。

今の自分はきっと、誰にも止められない強い目をしている。

小さな頃から欲しいものを、大きな声で「欲しい」と言えない人間だった。

だけどそれも、もうやめる。

（黎にもらったこのチャンスで、これからは自分のために生きるんだ――）


――三月下旬。

桜の蕾が丸く膨らみ始める頃、椿丘第一高等学校の卒業式が行われた。

「なんかあっと言う間だったなー、三年間なんて」

「私はけっこー長く感じたかな」

卒業証書を抱えた福屋さんと千明が、教室の窓辺でお喋りしている。

「一番の思い出っていったら、やっぱりあれだよね。餅！」

「二年の文化祭のときの餅紛失事件！」

「ああ、雪白さんの」

あはははと笑い合う二人に、すみれも思わず口を挟んだ。

「雪白さん？」

「あっ……いや、なんでもないよ！」

すみれは慌ててごまかした。

大切な友達に、最後まで言えないことがあったのは申し訳ないけれど、こんな自分と仲良くしてくれた二人には、本当に感謝している。

初めは険悪だった亜梨紗や美紀とも、三年になると普通に話せるようになったし、担任の教師もすみれの進路を親身になって考えてくれた。

そして、何より――。

「すみれ。……大学受かったんだって？」

校庭に出てみんなと写真を撮りあっていると、真白が近づいてきた。

気をきかせたクラスメイトたちが、周りから自然にいなくなる。

二人が別れたことはもうみんな知っているけれど、嫌いになっての選択でなかったことは、なんとなく伝わっているようだった。

再び若返ったからといって、一度別れを決めた相手と元の関係には戻れない。

こうして向き合うと、まだ心は切なくきしむけれど。

「第一志望の国立は無理だったんだけど、私立の芸術学科に映像コースのあるとこがあったから。思い切って学費のために、あの家売っちゃった」

「すごい！　後戻りできないね」

「真白くんも一人暮らしするんだよね。頑張ってね」

「うん。――すみれも、頑張れ」

まっすぐにすみれを見つめる真白の瞳は、彼らしい優しさに溢れていた。

道は違っても、すみれの未来を心から祝福してくれている気持ちが伝わってきて、すみれは大きく頷いた。

「このあとどうする？」

「みんなでメシでもいかねー？」

クラスメイトたちが集まって、ぞろぞろと動き出す。

その輪の中には真白も、千明も福屋さんもいたけれど、すみれはただ一人、校舎に向き直った。

（ありがとう――……）

すっと顎を引いて、すみれは深々と礼をする。

この学校と、ここで出会ったすべての人たちに、一言では表しきれない感謝を込めて。

二度目の高校生を始めたあの日のように、校舎の鐘が鳴った。

澄んだ音は遠くまで響き渡り、吹き渡る風が、青空を見上げるすみれの髪を、柔らかくなびかせていた。

それから、六年――。


たくさんの取材陣が詰めかけた会場に、パシャパシャとフラッシュの光が弾ける。

壇上（だんじょう）に並んで立っているのは、華やかに着飾った美男美女の俳優たちと、蝶（ちょう）ネクタイをした中年の男性。

彼は新進気鋭の映画監督で、今日は彼の最新映画の完成披露試写会なのだ。

「あーっ！」

舞台の袖（そで）で、スタッフ証を提げたスーツ姿の男性が、焦った叫びをあげる。

「役者が小道具持ってねーじゃねーか。まずいって！」

並んだ俳優はそれぞれ、「5月」「14日」「公」と書かれたボードを持っているのだが、四人目の女優だけは何も持たず、所在なさげに立ち尽くしていた。

「ほら！　これ持ってけ、如月！」

「はいっ！」

「開」と書かれたボードを押しつけられたすみれは、先輩の命令を受けて、壇上へと飛び出した。

女優にボードを渡すと、明らかなミスに笑いが湧いたが、なんとか体裁を整えることはできたようだ。

「何やってんだよ。事前のチェックを忘れるなって言ったろ!?」

「はい。申し訳ありませんでした」

「入社二年目で、まだ新人だっつっても、気をつけろよ！」

周囲の手前、先輩も怒ってみせるものの、当の女優本人がうっかりしていたことは、みんなわかっている。

だが社会人たるもの、時には理不尽な説教を受けることも仕方がない。

（どんなに怒られても平気だわ。だって私、憧れてた映画の仕事に関われてる）

大学を卒業し、すみれが就職したのは、国内で上から三番目の映画の配給会社だった。

まだまだ下っ端のような仕事しか任せてもらえないけれど、いずれは大きな映画のプロジェクトに携わることが目標だ。

（その前に、パソコンのキーボードを人差し指以外でも打てるようにならないとね）

もともとがアナログ人間のため、複雑な機械を扱うのはいまだに苦手だ。

――あれからすみれは、真白とも黎とも会っていない。

真白は大学を出て、健康で元気にやっていると聞いたけれど、黎に関しては相変わらず、なんの手がかりもないままだった。

今でも、黒猫が路地裏を横切るたび、黎ではないかと思ってつい追いかけてしまう。

（だけど、きっとまたいつか会えるわよね）

来るべき時が来れば、黎とも、真白とも。

黎には生気と引き換えに、再び若返るというチャンスをもらった。

真白と過ごした日々は、いつでも新しいことにチャレンジする勇気を育ててくれた。

二人の気持ちに報いるためにも、すみれは自分の人生を精一杯に生きると決めたのだ。

（――いつか再会できたとき、胸を張って誇れる自分でいられるように）

会場の明かりが落とされ、スクリーンに映画のタイトルが映し出された。

暗闇の中、光を放つスクリーンを見つめながら、すみれは周囲に負けないよう、笑顔で大きく拍手した。

如月すみれ。社会人二年目。

二十四歳。だけど、実年齢は今年で六十七歳。

——彼女の新しい人生は、まだ始まったばかりだ。

※この作品はフィクションです。実在の人物・団体・事件などにはいっさい関係ありません。

集英社オレンジ文庫をお買い上げいただき、ありがとうございます。
ご意見・ご感想をお待ちしております。

●あて先
〒101-8050　東京都千代田区一ツ橋2-5-10
集英社オレンジ文庫編集部 気付
香月せりか先生／高梨みつば先生

小説
スミカスミレ

集英社
オレンジ文庫

2016年1月25日　第1刷発行

著　者　香月せりか
原　作　高梨みつば
発行者　鈴木晴彦
発行所　株式会社集英社
〒101-8050東京都千代田区一ツ橋2-5-10
電話【編集部】03-3230-6352
【読者係】03-3230-6080
【販売部】03-3230-6393（書店専用）
印刷所　凸版印刷株式会社

※定価はカバーに表示してあります

ISBN 978-4-08-680061-7 C0193